彰化學 026

愚溪詩選

愚溪◎著

晨星出版

【叢書序】

啓動彰化學
——共同完成大夢想

林明德

　　二十多年來，台灣主體意識逐漸抬頭，社區營造也蔚爲趨勢。各縣市鄉鎮紛紛編纂史志，大家來寫村史則方興未艾。而有志之士更是積極投入研究，於是金門學、宜蘭學、澎湖學、苗栗學、台中學、屏東學……，相繼推出，騰傳一時。

　　大致上說來，這些學術現象的形成過程，個人曾直接或間接參與，於其原委當有某種程度的了解，也引起相當深刻的反思。

　　一九九六年，我從服務二十五年的輔大退休，獲聘於彰化師大國文系。教學、研究之餘，仍然繼續台灣民俗藝術的田調工作。一九九九年，個人接受彰化縣文化局的委託，進行爲期一年的飲食文化調查研究，帶領四位研究生進出二十六個鄉鎮市，訪問二百三十多個飲食點，最後繳交《彰化縣飲食文化》（三十五萬字）的成果。

　　當時，我曾說過：往昔，有一府二鹿三艋舺的符碼；今天，飲食文化見證半線風華。這是先民的智慧結晶，也是彰化的珍貴資源之一。

　　彰化一帶，舊稱半線，是來自平埔族「半線社」之名。清雍正元年（1723），正式立縣；四年（1726）創建孔廟，先賢以「設學立教，以彰雅化」期許，並命名爲「彰化縣」。在地理上，彰化位於台灣中部，除東部邊緣少許山巒外，大部分屬於平原，濁水溪

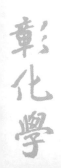

流過，土地肥沃，農業發達，有「台灣第一穀倉」之美譽。三百年來，彰化族群多元，人文薈萃，並且累積許多有形、無形的文化資產，其風華之多采多姿，與府城相比，恐怕毫不遜色。

二十五座古蹟群，各式各樣民居，既傳釋先民的營造智慧，也呈現了獨特的綜合藝術；戲曲彰化，多音交響，南管、北管、高甲戲、歌仔戲與布袋戲，傳唱斯土斯民的心聲與夢想；繁複的民間工藝，精緻的傳統家俱，在在流露令人欣羨的生活美學；而人傑地靈，文風鼎盛，舊、新文學引領風騷，成果斐然；至於潛藏民間的文學，既生動又多樣，還有待進一步的挖掘與整理。

這些元素是彰化的底蘊，它們共同型塑了「人文彰化」的圖像。

十二年，我親近彰化，探勘寶藏，逐漸發現其人文的豐饒多元。在因緣俱足之下，透過產官學合作的模式，正式推出「啟動彰化學」的構想。

基本上，啟動彰化學，是項多元的整合工程，大概包括五個面相：課程設計結合理論與實際，彰化師大國文系、台文所開設的鄉土教學專題、台灣文化專題、田野調查、民間文學、彰化縣作家講座與文化列車等，是扎根也是開拓文化人口的基礎課程，此其一；為彰化學國際化作出宣示，二○○七彰化文學國際學術研討會聚集國內外學者五十多人，進行八場次二十六篇的論述，為彰化文學研究聚焦，也增加彰化學的國際能見度，此其二；彰化師大文學院立足彰化，於人文扎根、師資培育、在職進修與社會服務扮演相當重要角色，二○○七重點發展計畫以「彰化學」為主，包括：地理系〈中部地區地理環境空間分析〉、美術系〈彰化地區藝術與人文展演空間〉與國文系〈建置彰化詩學電子資料庫〉三個子題，

橫向聯繫、思索交集，以整合彰化人文資源，並獲得校方的大力支持，此其三；文學院接受彰化縣文化局的委託，承辦二〇〇七彰化學研討會，我們將進行人力規劃，結合國內學者專家的經驗與智慧，全方位多領域的探索彰化內涵，再現人文彰化的風貌，為文化創意產業提供一個思考的空間，此其四；為了開拓彰化學，我們成立編委會，擬訂宗教、歷史、地理、生物、政治、社會、民俗、民間文學、古典文學、現代文學、傳統建築、傳統表演藝術、傳統手工藝與飲食文化……等系列，敦請學者專家撰寫，其終極目標乃在挖掘彰化人文底蘊，累積人文資源，此其五。

彰化師大扎根半線三十六年，近年來，配合政策積極轉型為綜合大學，努力參與社區總體營造，實踐校園家園化，締造優質的人文空間，經營境教，以發揮潛移默化的效果，並且開出產官學合作的契機，推出專案，互相奧援，善盡知識分子的責任，回饋社會。在白沙山莊，師生以「立卦山福慧雙修大師彰師大，依湖畔學思並重明德化德明。」互相勉勵。

從私立輔大退休，轉進國立彰師大，我的教授生涯經常被視為逆向操作，於台灣教育界屬於特例；五年後，又將再次退休。個人提出一個大夢想，期望結合眾多因緣，啟動彰化學，以深耕人文彰化。為了有系統的累積其多元資源，精心設計多種系列，我們力邀學者專家分門別類、循序漸進推出彰化學叢書，預計每年十二冊，五年六十冊。並將這套叢書獻給彰化、台灣與國際社會。

基本上，叢書的出版是產官學合作的最佳典範，也毋寧是台灣學的嶄新里程碑。感謝彰化縣文化局、全興、頂新、帝寶等文教基金會與彰化師大張惠博校長的支持。專業出版社晨星的合作，在編輯、美編上，為叢書塑造風格，能新人耳目；彰化人杜忠誥教

授，親自題寫「彰化學」三字，名家出手爲叢書增色不少，在此一併感謝。

　　回想這套叢書的出版，從起心動念，因緣俱足，到逐步推出，其過程眞是不可思議。

　　「讓我們共同完成一個大夢想吧。」我除了心存感激外，只能如是說。

・林明德（1946～），台灣高雄縣人。國立政治大學中文博士。現任國立彰化師範大學國文學系教授兼副校長。投入民俗藝術研究三十年，致力挖掘族群人文，整合民俗藝術，強調民俗是一切藝術的土壤。著有《台澎金馬地區區聯調查研究》（1994）、《文學典範的反思》（1996）、《彰化縣飲食文化》（2002）、《阮註定是搬戲的命》（2003）、《台中飲食風華》（2006）、《斟酌雅俗》（2009）。

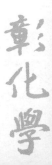

【推薦序】
哲學戲劇化的作家愚溪

林明德

　　二〇〇七年，彰化師大國文系暨台文所舉辦「彰化文學國際學術研討會」，由我擔任總策劃，當時揭櫫會議的訴求是：「開創區域文學研究風氣，提升彰化文學國際視野。」籌備過程，蕭蕭曾建議愚溪是彰化人，他的新詩、小說數量驚人，值得注意。可是，一時找不到適當的論文撰寫人，祇能等待來日有機會爲《彰化文學大論述》補上幾頁。

　　二〇〇八年，彰化縣文化局委託我主持「彰化縣文學館資料蒐集」計畫，爲彰化縣文學館的軟體工程作準備。我把愚溪列入第一階段的訪談對象。孟冬的一天，我帶著助理登上羅斯福路的「鶴山」論壇，拜訪聞名已久的愚溪先生。

　　初次見面，大家相談甚歡，彷彿久未謀面的好友。多次訪談後，逐漸建構愚溪資料檔案，也讓我更清楚他這個人。

　　愚溪（洪慶祐，1951～），彰化縣芳苑鄉頂廍村人，屬於雙魚座。遍野棉花田飛絮，是「紫芳苑」的夢幻，西海岸潮汐是童年雋永的畫面，這些都成爲原鄉意象。他年輕就喜歡老莊，十七歲時抱定獨身主義。二十歲當兵時參加軍中文藝函授班，培養文學趣味，二十三歲參加中國文藝協會，深受琦君、紀弦與王夢鷗老師的啓迪，引發創作的興趣。他在二十二歲那年，到東海岸花蓮，寄居哥哥傳慶法師的寺院，十年沉潛佛教經藏，參證佛法。這期間，他偶

爾到台大旁聽，並追隨毓鋆老師，研習儒家經典。三十七歲，創立普音文化公司，大量文字創作與製作佛教音樂。

他的創作因緣，開始爲音樂專輯填詞，接著寫小說《紫金寶衣》（1994）、《袍修羅蘭》（1995），之後，他開拓創作領域，兼涉小說戲劇與短篇小說，擅長以簡樸的文字、靈活的意象、縝密的思維，探索人生哲理與實相奧祕。

二〇〇〇年，他開始隨緣自在的寫詩，包括分行詩、組詩與卷軸長詩。二〇〇六年，他嘗試詩小說的手法，推出「別類物格」四部曲十二冊一百二十八章回，概括四個主題，即：一、長衿沈弓，二、妙鎖鋒利，三、夢藏e戀，四、別類物格。他肅穆的指出這種嶄新的手法，無非想透過微密深刻的觀照，析解人在時空流轉旅途的際遇，回溯生命的母體原鄉。愚溪創作相當多元，出版詩集、小說五十三本；製作音樂專輯八十張；多媒體劇本二十種，堪稱創作力充沛的作家。

二〇〇五年，愚溪五十五歲，一手擘劃「鶴山二十一世紀國際論壇」，作爲世界文學交流的平台，並舉辦詩歌獎，可見其文學智慧與抱負。

愚溪創作十六年，作品豐富多元，彰化學叢書編委會特別邀請他提供《愚溪詩選》與《愚溪小說選》兩種，以回饋彰化，分享鄉親。這裡稍作導引：

《愚溪詩選》包括一九九九～二〇〇三年的新詩三輯，其型態有分行詩、組詩與卷軸長詩三種。作者從《愚頑樂》、《霜降之歌》、《字母遊魚》精選五十五首分行詩與三種組詩；又從《109.5°微塵經卷》選錄九首卷軸長詩。他發揮大想像，思接千里，「心念瞬間迴轉八千里」、「刹那遊空萬里／出入往返不留

蹤」，馳騁三千大千世界，運用佛教語彙與意象，傳釋覺悟者的風光，例如：「……一切蒼生曾作過相同的夢／生生世世傳遞基因複製一個個夢中人／忽從老森林的亙古菩提樹下醒來／卻不見伊人回家」（〈色〉）；〈孕荷〉組詩包括四十二首，取《華嚴經》四十二字母，敘寫宇宙曠古眾劫最原初的四十二種微妙基因，例如：「śca虛空足跡／忘憂草從露珠照見／世界相互依存的祕密／魚　捺不住閒／不停遊走／伊的眼神在演戲／誠摯認真」（XL）可見其奧義之一斑。他的詩篇或寫思親或抒鄉愁或探生命本初或證真理究竟，一向以細密語言、靈話意象，傳釋一份微妙的照見。他的〈路〉一詩，已譜曲入歌，深受矚目，並且譯成多國語言，而傳誦一時。至於卷軸長詩，彷彿「卷軸式」山水畫，展開之際，幽勝無盡，同時映現生命究竟的莊嚴聖境，特別引人深思。

　　《愚溪小說選》是從「別類物格」四部曲中的《妙鎖鋒利》與《夢藏e戀》中精選重要單元所組成。四部曲十二冊是作者歷經九年構思、創作的套書，在一百二十八章回的大結構裡，作者重複人類亙古以來不斷探索的母題——從何而來？為何而來？例如：「……我／你、我／你、我、他／從哪裡來……」（《夢藏e戀 第七回》），顯然是他內心的終極關懷。在這兩大主題的精選章回中，作者安排巧妙似禪的故事，運用多次元、虛擬情境，透過夢幻／真實，精神／物質的二元對話，直指宇宙的清淨本體，為人生逆旅解碼，覓尋生命的原鄉。正如「夢中的戲都得認真演出」（〈歌Dhvaja——淚之刃泣入菩薩心〉），他的語言負荷多重哲學思維，往往藉著戲劇方式表出，完成「哲學思維的戲劇化」，這使他的創作文本跳脫呆板說教的模式，毋寧是他詩小說的一大特色。《愚溪小說選》僅作部分展示，進一步的解碼，還有待讀者作宏觀的追

蹤。

　　愚溪的海經驗，十七歲以前是屬於西海岸的芳苑，二十二歲以後則屬於東海岸的花蓮。前期看落日、心情憂傷；後期看日出，心情愉快，顯然地海與他的生命密不可分，卻有所分際。這些都是他創作的重要場景。在他眾多的創作系列中，芳苑是一再出現的地理意象，他的自白：「最親近的，還是兒時紫芳苑／那清風下的三椽小茅屋」，可為例證。他少小離家，有時忘了歸鄉的路，但幾十年來，原鄉一直是他的心靈夢土；而這兩本選集的出版可說是回饋原鄉的實際表現。

【自序】
兒時的土埆厝與牛棚

愚　溪

　　兒時的棉花田與葡萄架下的鞦韆，是我心中最美的記憶。

　　彰化芳苑鄉的頂廍村是我成長的故鄉，我的童年是在瞠瞠棉花田中遊戲長大的，我在一九九五年發表的小說《袍修羅蘭》中，即有我最初故鄉的原型「紫芳苑」。

　　兒時住的是古農村三合院的土埆厝，庭院間有一棵老榕樹，邊上還有一間牛棚，這就是我兒時的原鄉，至今仍然記憶猶深。髫齡時的我常橫身牛背上，編織未來的夢想，環繞土埆厝四周的是綠油油的地瓜園與田田的荷芙蓉，爾後長篇小說《阿蜜利多》中的「蘘荷園」即有此間的概念。

　　記憶中，頂廍村僅有一間小廟宇和一爿小雜貨店，我就讀的小學名叫「路上國小」，小學生遠足最常去的就是王功沿海，那裏有一座大廟「福海宮」。路上國小離頂廍村很遠，沿途兩旁都是陰森森的林投樹，路邊錯落幢幢的土埆厝，也充滿著許許多多神奇的鄉野鬼怪傳說。一條長長望不見盡頭的路，即是我每日由頂廍村通往路上國小求學的必經之途。儘管如此，成長以後，我仍一心懷念兒時的頂廍村，嚮往著那座質樸善良充滿原力的小村落。

　　重新回溯著這間小廟、小雜貨店，與錯錯落落的土埆厝，這個如夢似幻的地方，處處充滿了魅力的鄉野，成為日後我一切書寫原創的母體與夢土。

即使寫給阿布杜‧卡藍總統〈青鳥的月光奏鳴曲〉，亦是以此架構想像鋪陳出他兒時的記憶空間，因為所有小孩最初原鄉的記憶大致相同；就像二○○七年春分在新德里總統府初晤卡藍，他贈予我一首詩〈我的花園在微笑〉，當他坐在「神仙亭」中朗讀時，我的精神為之一振，彷彿重回到童稚時的棉花田裡葡萄架下，或是置身在紫芳苑美麗本真的花園中。

我所有著作原創力大都來自兒時芳苑鄉，在頂廍村的夢幻網中時間與空間兀自綿延生發。自我在一九九四年發表的第一部小說《紫金寶衣》，到二○○九年在捷克國家圖書館發表詩‧小說卷《碧寂》，總共發表了近七十本的著作，其中包括詩、小說、戲劇等，但這些全都離不開兒時的夢想的原生地——紫芳苑。純樸的頂廍村，勤奮的農民，朵朵恣意蓬勃開綻的棉花田，就是我編織未來夢境的原動力。雖然弱冠之後的我曾經閉關蔚藍的東海岸讀經習禪，心中依然牽繫著紫芳苑；縱使行遍世界各地，午夜夢迴，腦海中還是充滿了棉花田裡老榕樹下的美好時光。花生、甘蔗、玉米、地瓜的香氣總撲面而來……。

在那個年代，兒時的頂廍村一年總有一次大拜拜，節慶上熱烈的廟會氣氛令人著迷，也令人渴望。每當戲散之後，寂靜的小村幽闃的夜晚，萬籟俱靜，田間此起彼落窸窣的蟋蟀與蛙鳴是最純淨無塵的月光曲。在沒有廟會的日子裡，兒時的我從不知這世界還有燈光，日日與同伴在田埂間追逐，在日暮炊煙嬝嬝消散後歸家，在燭焰明滅的暗夜中入眠。

熱鬧的廟會上，除了歌仔戲之外還有布袋戲，每當布袋戲與歌仔戲在野台拼場競演時，台下的我常看得如癡如醉，宛如進入忘我之境，不知誰才是真正的我！殊不知戲中故事變化萬端的情節，深

深印刻在兒時稚嫩的腦海中，自然而然影響我日後的寫作手法和風格。

至今已有四十多個年頭沒有回到兒時的紫芳苑，但每當我來到了世界的另一個中心，從布拉格願景九七基金會相會「哲學家總統」哈維爾，或在多瑙河之畔匈牙利國家議會朗誦我的長詩〈路〉；從印度新德里總統府的「神仙亭」花園，到蒙古那木爾·恩和巴雅總統官邸的「大天空寶殿」，不論是何時何地，每當任何景物吸引我的時候，也同時緊緊的依在我原始原鄉的夢想。運足行旅間，我總會深深回憶觀想兒時的三合院土埆厝——那一棵老榕樹與那一間牛棚，以及一條長長無盡的路。

愚　溪

寫於二〇一〇年歲次庚寅正月十一日王春

【目錄】 contents

【輯一】
新詩選輯

1.雲缽

思念　在心海劃過伊的影像
幾億年海底時而發現森然羅列的街燈
碧綠溪水流注湛藍的洋
古城痕跡常存在雨林裡
沿著湖邊走一趟
記憶與感覺尋回幾許
風琴與草香在過去時間飄飛
海螺的聲浪在海上響起
伊的力量來自裡邊的裡邊的最裡邊

早餐　我在MOS的窗口等候
見到兩隻蝴蝶聞香擅闖進來
一陣切切私語迷惘幾乎忘了目的
縱情又飛出去
微雨　沙灘行旅
頭戴一頂斗笠手拿一頂斗笠
還想買一頂斗笠
潮浪隨頁岩進退
腳步乘間隙踩過黃昏
方見岸上漁村點燃兩三堆稻禾
路間不小心觸著一朵蘭心
細聽蘭語

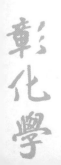

天色空空洞洞
大地寂寂默默
一陣霧起
　一陣風吹
　　一陣雨下
小小一株蘭花草云何孤單

　　　　　　——選自《愚溪詩集Ⅰ》

2.山居

仲夏　菩提樹芽枝枝抽出迎向空裡雲
大海薰風泛微波
日光下　鱗光片片
我的眼隨著伊在跳躍

靜夜裡　造福觀音手拈的楊枝
遍灑甘露
喚醒萬道朝霞從海底升起
林中　一群小鳥飛到衣角聽語
坡上　千幢百合綻開來獻意
面前的你云何求
求什麼
滿園蟬聲關不住
三千隻在和鳴
除了讚歎
還是讚歎
你有何不平
怎不平　鳴

空中雲　自在遊來遊去
夢裡蝶　任意旋舞縈煙
繞著納風亭一張老籐椅
蝴蝶飛起又復飛去

雲朵踏遍哪兒休息
老籐椅搖啊搖——
幾十年　搖不走伊的味道
是誰在敲醒那千年的沉睡因子

――選自《愚溪詩集Ⅰ》

3.月光

聽說颱風從南方來
山裡下著雨
雨後的星空
雲朵擁抱著月亮駛走
二〇〇〇年
七月七日月上弦
如童年時
母親顧盼的臉
那光輝啊⋯⋯
永恆地駐在我心頭
十四天前的子夜
親愛的母親駕御一道彩虹歸去
留下顆顆晶瑩的舍利
是場遊戲
云何留下刻骨銘心的記憶
感觸若眞
云何思念總在夢幻那邊迴旋
空中鳥飛過
跡已不復尋
仲夏夜　夢最長
夢中事　最難圓
看那木蓮樹上的芽苗
枝枝抽得長又長

聽那思親的絲絃
弓弓拉得深又深

　　　　——選自《愚溪詩集Ⅰ》

4.貝殼沙──花嚴之歌

幾度滄桑　貝殼
又還原為藍色的海
天地　三筆沉曦含暉
流水　一灣潔白行雲
虹橋還搭在百年前郊外
客心只在三千里南端　迴旋
是誰將星光與彼岸鋪成夜色
一溪月跌入銀河般閃爍的緣裡
那畔　聲微

花間的蝴蝶
從夢裡飛來
貪戀著花朵
捨不得離開
花雨紅似火
我的金絲雀
在花香裡陶醉
在春光裡沉睡

松窗　霧鎖
枕一方青石
青石一抹如磬
化作南海

川流不息的濤聲
幾度滄桑　貝殼
又還原爲藍色的海

　　　　　　　　——選自《愚溪詩集Ⅰ》

5.願　與你心相投

檀宅　老樹　古蓮池
花間　好友　輕漏洩
旦旦流　天行露
密懸水鏡滿華枝
夜半鐘聲布空濛

別屋　孤月　寫靜靜
蕊焰　門開　聲悄悄
無絃琴　我按指
紅葉寂寂傳大音
清磬朵朵淨無塵

花藥飛舞
遊蜂夢蝶
心緒亂
意徘徊
洗月澄念滅心火
安靜妙味最難求

帆飛去　岸轉移
捨筏登岸　園林裡遊戲
臥雲心　好風吹
晚蟬幽曲滌新憂

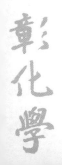

常寂光　止他想
願　與你心相投

　　　　　　　——選自《愚溪詩集Ⅰ》

8.先春──記蘇花公路遊

荒井　記憶昔日神奇奧祕
布袋裡　風
吹揚漫天沙塵
古河　溪與湖意氣之爭的拼圖遊戲
移動的冰山
曾是綠油油底
今　2000年2月2日
越　333天
即是2001　1月1日新紀元
從不二心　不二念
契　參參參同
直入一味　一實境界
眼眸捧得住　月
手指照見聲色
冰雪雖美
哪有春天底花開得妙
輕安的悟
跟著別境的步調走
回溯　重組沉睡因子
還原　運足情真世路

──選自《愚溪詩集 I 》

9.故事

昔有二愁客
初遊春王圃
行路遲
垂涎　古潭瓦屋
歇去好
共一方枕
月牽流星來洗身
睡兀兀
還夢見
同遊桃花林

從甚處來

互相寄
推尋個中意
何迷倒
念念移心種情染智
石橋竹徑令他忙
突失斧
傷足覺痛癢
腳踏地　伊心往
進前仔細看
沒交涉

流光迅速聽寫畫
茫茫舊蹤不見影
不得物色　　急
門庭緊閉幕開演
常常愛問辨酸甜
到口方知　　味
天外捎來好消息
溯流而上返飛去

何處著落

水涓涓　燈焰焰
空裡雲　了無痕
蠶衣遮寒
一點恆處在枕邊

——選自《愚溪詩集Ⅰ》

10.歌Dhvaja──淚之刃泣入菩薩心

煙籠池竹人悄悄
星樓接翼銀河築橋
晚歸正繫舟
明月忽從海上生
夕陽黃昏後
水月乘夜天麗景來相約
愛的全方位　真理如水
戀的無微不至　美哉似月
江海溪河池塘湖泊任何角落
林間的清露　懷珠
地上的雨窪　照影
一一巡禮浸撫
但見明月有心赴感　流水無情相應

我喜歡海的味道
挑一擔海水返回
伊捨不得離
化成兩片緊緊追隨
幾次顛簸伊差點跌落　猶不放走
蒼穹星兒淚迷濛感動也跳進來安慰
樹上小蟲從清露見伊含情脈脈來投懷
一陣風吹落　伊心也碎了
只要有水的地方伊必比翼雙飛

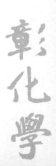

有時柔情似水　相印好眞情
有時報以激流相輕
相輕　月舞個不停
夜將歇息　伊亦歸極西地棲宿……

人有一點靈明可千思萬想
念念投射　伊的一舉一動一顰一笑
舉手投足揚眉展顏
三千心顧盼　萬縷念依他
情牽心累永不悔
月光推移動潮汐
水欲玩月月自飛來
潮滾浪花趕月走月不離
遍刹香海　人天眼目窺沙界
普現一切水鄉
隨緣赴感印無不周
指月恆處於星海

月將離去　水化成冰裹不住月光
化成精凝成氣
昇華上天際
片片雲彩隨月央
月以月相臨波獻吻

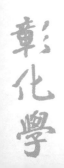

水以冰晶擁抱月亮
千江有水深情繫你千江明
有伊的天邊就有彩雲
亙古相戀依存至今
今人的愛戀不如水月
缺了精神的皈依與眞誠
水氣升雲追隨新月弦月圓月殘月不論月相如何
月光落影感應小溪河谷川流瀑布不論深淺幾許

風常攪亂一池春水
花常爲伊倆落淚
水的愛是永恆的慈悲
月的情是不變的智慧
釣竿擊不走捕撈不得　月追隨水
風吹不散繁星趕不走　彩雲抱月
上天的考驗
下場雨處處是水
成就月的三千心萬縷情
相臨映照——
探指入水戲弄月
影亂而不失
用手阻隔　不見的是你自己

合掌捧住月光
得先護持滿水
眼睛繫不住月色
月是形上的旅者
青苔與濕相應
碧岩與落花共鳴
風　在背後輕吹
真愛　永恆無盡不如閃電一撇
牛叫聲　什……麼
羊叫聲　沒……了
沒了還要　什麼就是不懂
古老的遊戲在挪移
兒童祕密誰願分享

虛空現相鳥飛過無蹤
聲音穿耳不留罣礙
眼睛劃過色相赤裸裸一片正色
心跳入夢想之域數寶
漫山奇珍任你玩
晚紅落日園林欲關
終究得夢醒出來
故空中無色無受想行識
意入夢境　觸目皆真實相應

入耳鐘磬不得不聽
是誰投了一方石
攪動情海波心
在夢裡猶認眞
無眼耳鼻舌身意
無色聲香味觸法

目戀花　花更嬌美
耳戀海潮　海潮舞得更起勁
心存感應天地有情
意應有夢美夢成眞
過去的日子如流水
一波又一波將記憶送走
未來日子不動如山
如愚公移山一步一擔慢慢
現在事當下似金蟬脫殼
天天與自己捉迷藏

最初發心往昔情懷隨風寄存在記憶寶庫
妙思未來從記憶寶庫中將往昔所藏搬出
這片刻春夢　我前腳還藏在門內
後腳已露伸門外　夢裡有歌
我想　我在想　我還在想……

去　滔滔流水天馬行空難追回
來　影入池中遠方客人不知何時到
在　手裡握著一張月台票
一朵小花對你微笑
一隻小鳥對你呼叫
踏上列車的你始終沒感覺
勘過　放下
空相憶　依舊景弄時輪往後回想
未知　做夢
願祈求　欲藏還露隱約虛窗盼實現
現相　一般
因緣會　久旱逢雨解過路人之渴
空　似乎不存在卻擁有個全
誰在作假　夢中的戲都得認真演出
上街買菜茫茫人群中或許有知己
展雙眉目集中　走過去步步成形皆故相識
放胸懷心守中　踏未來歷歷史跡都新發明
在古牆角迷失方向的星星們再度入睡
時光隧道終端即可親見月將出穴

──選自《愚溪詩集Ⅱ・頑石逗泉》

註：Dhvaja：梵語，意即寶幢、天幢。是「光明慈香幢」之意，象徵一切生命
　的發源。

11.燈斗笠

迎面拂來空氣　清涼
吹過髮梢的微風　舒爽
雨水打在臉上的感覺　重疊
色彩於陽光花間穿梭　越過後不再回頭
一個世界千萬種動植生物類別　任人主宰
一片江山數億種人心千思萬想　由王駕御

毛毛蟲云何化成蝴蝶
吐絲自裹　作繭
寧靜羽化　成蛹
繭內蛹　生命悸動
呈睡眠狀態懸於空中
物外心境飛昇
蝴蝶成就自在的心
藝術的生活藏在自己眼裡
夢想　乘海之浪羽沁入銀河系
擔心　在天另一邊的 e 世界

古人編織一頂金色蠶絲燈斗笠
送給北方一群樂天知命的人們
放光　令人屏息53秒
映照　山谷歲月洗出一顆化石
是四十二億年前古老的遺跡

幾度落日伴隨幾度回憶
在未來時空
請勿將今日的記憶深鎖

　　　　　　——選自《愚溪詩集Ⅱ・頑石逗泉》

12.溪流故事

獨木舟　自己在大河裡遊在大河裡長大

一輛單車一個小孩奔馳在田間漫漫小徑
手裡拿著一封信
細讀遠方好友寄來的心聲
客居許久　離家鄉已數十年
長大的少年不認識故園
擺動天線　接收千里外的情感傳眞
漂泊的遊子爲何在陌生城市安頓

傳說在一片迷霧中曾看過一座湖
藏於神祕幽谷最深處的頂端——
　　故事乘月正開演
　　東西南北中
　　忽明忽暗間歇暫止
　　逗節生枝
　　戲中路八萬四千條
　　宜分流觀思
　　方能理會
　　今夜暮低垂
　　意已述盡
　　節奏亦暫休止……

人生　這一齣戲云何經常只顧頓號與逗號
卻疏忽事實真相總在分號與句號裡才說得明白

——選自《愚溪詩集Ⅱ・頑石逗泉》

13.貝葉傳說

　　從太古上古遠古，千年百年今年，人類王國如風吹落的荷花舟，飄流在時間的長河，累積了數與量。千千萬萬現象，祇不過晴空一抹稍縱即逝的彩虹。

　　一方靈鏡，從古鑑今，影像重重無盡；有時晃晃動動，皆因微風。

　　一輪明月飛入千江裡，透水月華不留痕，云何波浪競爭。

　　天空萬里無雲，沒半點文采，是誰隨我來題書？

　　喔！原因群鳥迷蹤劃過。

　　哪裡知，夢裡山川從寂靜湛思的河隄縫隙沁出，春寒鎖不住枝頭，花一朵朵滲透。靈山裡，念如飛濤，妙峰漏天藏雲經年霧，秋月繫不住紅葉，一片片落泥失神。絃歌別唱，最頂端露餡，下邊溪流難耐安閒，放開腳步感官任其去住。

　　揮竿釣聲色，六月松風，不覺向晚天。

　　收拾萬象，我愛執藏谷應響。

　　返聽，所有趣味歸一籃。

　　光陰如沒底的甕，念念遷流都盛不著，情思似不圍籬笆的果園，由蟲兒爬進爬出——從自性那邊遺落。

　　放行，月鋪金地，給你方外許個圓。

　　收回，若能轉物，安抵家門的公車站處處遍布。

　　仲夏，日中，夜來入夢，夢裡與伊同織夢。

　　寒冬，月涼，虛空一筆閃電，宇宙遍照剎炫……誰能見了

眞相！

水不是水，山依舊是山，云何腳踩故鄉還在做客。

知否？隱藏於亙古冰穴中，凍結千億年前的一個春天，枯枝猶在長新芽！

出格，不再回頭，溪邊百花語紛紛。

幽谷，老松無人探訪，偶遇遊山者，群籟驚破，塵封蒼苔。

勘過，童子嬉魚眾藝多，少年釣魚技無窮。

撒網，漁夫與魚誰收獲多？一場遊戲。

增益，如少水魚，蒼天會降雨，共生共存，超乎想像；相依相融，神動便飛去！

存一方寸地，莫忘家宅。情初開張，門就轉窄，如今怎回來？誒！路在足下踏。

——選自《愚溪詩集Ⅲ·樂在有情》

14.復古

　　一縷情思築一道鴻溝，越野車飛越不過。一絲憶念繫不住三千尺高空彈跳的伊，隨他沉沉浮浮。

　　七夕譜成的詩歌與艾草，蠟封在瓶，託付大海漂泊十方尋伊，而今依然沒消息。

　　我曾將一軸經卷收錄在一粒微晶，植入一顆堅實的種子，聽說早已變成一株擎天古樹遊走於三世，昔不至今──猶在等伊。

　　家風微微吹動，照見百合滿把擲面來。

　　晚春穀雨，初生的蟬兒從本覺試啼新聲，白雲淡蕩影落千枝，迂園觸目綻滿綠。

　　若人欲了知，知了第一音，誰親識得！

　　弦月扮成秋千，讓魚兒漫遊。

　　星光在夢海巡禮，相思的依舊是你。

　　大日泛舟航於天際，枯枝愛玩任意移影。

　　黃昏五時三刻，夕暉掃麗地，遠客共相投，思的念想起舞。

　　瞬間，晚紅霞光布滿天際，預知美的緣會欲得現前，念頭來到一股蘭香神祕的平原，突然，層層烏雲疊繞，暗封周邊成幽谷。六時一刻，念被鎖住衝不出黑域，情深迷蹤，參不透霧重重，心浪危危凝神望。

　　歷經兩個片刻，當下四方路千差，念力始覺向上漩渡。雲散空淨，潔白的雲朵含笑點頭，七點整看下方，燈火闌珊連成明河引路。相憶，念終於可以著地落實歇歇。

　　在夢外，牧童騎牛逗荒郊。

　　一個夜晚，一片紅葉，離枝隨風緩緩下旋，伊從容環顧四周，抬頭窺銀河，刹那一瞥，讚美：「世間所有我盡見……」而後，輕輕著地，沒有失落的感覺。

　　在夢裡，萬靈蠢動正玩著競技的遊戲。

　　意中人像風鈴，風不吹不鳴，那裡聲——是窗外雨滴。

　　契心忘想，不應住於黑漆漆的幽谷。

　　水晶燈，綠豆光兒就能相映投射，人們生活在太陽腳下，卻經常失去照應。

　　渠道流出瑩瑩香氣，入門其中向上開一竅，來時就不再居驚怖畏的下風。

　　　　　　　　　　　——選自《愚溪詩集Ⅲ·樂在有情》

15.秋之赤子

鷹在岩崖展翼
雨燕石縫裡築窩
村落的小溪　牛兒閑吃草
岸港碼頭　燈塔正炫耀

情感任淚水演繹
故事由眼眸編輯
蒼苔上有隻老青蛙ㄍㄛㄍㄛ·ㄍㄛ
唱著和合小夜曲
登山背包中裝滿無數夢幻寶石
高山帳篷裡覆蓋無盡巔峰陵脈

天地兩條平行線從不間錯
一條劃過天涯
一條來自海角

——選自《愚溪詩集Ⅳ·霜夜白》

彰化學

16.銀河吹笙

天光猶未開

月　從天梯滑下夢海

一輪紅日就東方昇起

古牆土厝爬滿了紫藤花

幾隻蝴蝶寂寂空中染色彩

有人飄流到無明海的火山島

待那不退風帆來運載

綠的山峰為大雪轉白頭

冷的冰瀑因陽光成暖流

忽聞隔岸吹簫聲

諦聽　原是北風呼嘯

拉開智慧之弓

射出知識的箭

中了海底那棵珊瑚樹

我走在山路

一隻小鳥迎面飛衝上林梢

唧來一片紅葉落手中

上方景象不曾移

喔　秋已成熟

風一陣　雨一陣

枯枝收捲艷麗春色退藏於密

風動風車轉

風吹風鈴語
山中老婆婆閒來沒事勤織衣

北風・大寒・夜黑
知識門已關閉
智慧窗且打開
望著壁上相框
　　回憶一重重
　　故事數不完
秋分落日早在九十天前
任由謝幕的紅葉收藏　觀想

　　　　　——選自《愚溪詩集Ⅴ・降一色》

17.夢土

山谷歲月
天地一甕中
夜裡閃電
　照見有鶴出銀籠舞空

一只古老火柴盒
畫出數朵燭光
裊裊煙霧與花飄飛　炫心奪目
風　從這幽谷呼喚那幽谷
是誰偷偷沁入
棲息在我夢土

南極　企鵝的故鄉
　暴風雪連續颳了好幾天
曙光　看那浪洗沙灘
核心離合　狂潮抽動岩壁中央
艷陽下　獨自一人
影子好長
野放的心牛在奔馳

一座密不透天的葡萄園
微雨悄悄敲碎濃郁酒香
定神　夢中金色巨塔又出現

是誰將一顆寶石投入其中
依你的願密密追尋
　愛終究覓得
現象與木頭腐朽
真理共眞菌生長

大地收藏種子於春日孕綠
秋空　舞動天邊一籃彩色
落花捲日羽擁多情入水
紅葉裏月光懸浮半空中
潔白覆蓋蒼翠
枯荷亭立冰牀
溪流還給魚兒遊
天空返予鷹與鷲

　　　　　　——選自《愚溪詩集Ｖ·降一色》

18.霜降之歌──記〈孕荷〉音樂會終曲

茫茫有情來下種
蒼蒼因地果還生
星空中流星奔流威音外
夜裡蝴蝶跌入夢的紫衣裳
抆淚　有露滴沉滄海
我心　悠悠繫念桑田
回首　昔時原鄉幽谷踏春
追尋　今日南方別峰登頂
蕩葉翻蕩碧波
色依依
落英墜落紅塵
驚冥冥

晚紅逗弄晚帆飛
秋水伊人秋千去
銀河月　央央水中印
愛染語　關關數天心
野堂爐煙吹雲袖
伴君聽眠織霞錦
渾忘忘　獨行行
芳華雪沾霜鬢
飄渺渺　雨霏霏
光陰辜負了誰

茫茫有情來下種
蒼蒼因地果還生
星空中流星奔流威音外
夜裡蝴蝶跌入夢的紫衣裳

　　　　——選自《愚溪詩集Ⅴ·降一色》

19.海螺的傳呼

天風吶喊　三千年一只海螺傳呼至今
長空灩波　法王子心淵深處永恆牽引的夢

顧盼迴旋　何許人造就張沉思的臉
掛在松林間的風箏已不再歌唱
一雙閃亮眼睛如何透視現象底幻影
石窟壁畫還留存古老的印記
先河卷軸光陰
淘盡時間洪流
我願　是一盞燈
赤子之心
柔軟無礙的智慧
光明遍照度有情

憶念　昔日菩提樹下大青石
冰封2500年的靈知
縈念　牽掛
深潭何時澄湛　至今
云何猶未發現記憶中的水天煥彩

天風吶喊　三千年一只海螺在傳呼

——選自《愚溪詩集Ⅴ · 降一色》

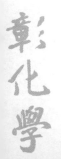

20.弧形的海

弧形的海　捕捉冬季赤裸裸北風
陵谷的山　七重林樹沁入天與地的靈與氣
行雲朵朵融入大雲嶺
蔚蔚水珠從晴空降落
劇本藍墨明明記載夢鄉與銀河相連
伊今卻還在一方小池塘裡浮潛

竹門半掩半開
心思半內半外
念伊
蝶的翅膀落在葉的衣裳
情風吹紫煙
夢海際無邊
輕舟泛入不知何方溪澗
浪裡飛白　思惟框中
誰能判讀哪處藏有激流
蒼蒼涼涼

漫天紅雨飄飛
煙雲渺渺遮心神
密因　云何不許外人看
知情　曉霧重重怎出門
相逢　2001碧空下

聆聽　品賞
新世紀春元最初的味道

——選自《愚溪詩集Ⅴ·降一色》

21.夢的飛行船──月光的童年紀事

一艘夢的飛行船
載伊編織過客的桂冠

小孩愛玩遊戲摘橄欖
哲人凝視天上星群排除雜念
我張開雙手擁抱夜空
空中送來一陣風
放開雙手　風從袖口溜走

月色下　我以十指承接千年的銀河水
九渠流泉匯入一方小池塘
黃昏　彼岸形影移紅
此畔傳來遠端鼓聲

小村落　連下好幾天雨
風吹一陣一陣寒
今欲擁有伊全部
殊不知原只是屬於昨夢裡的一環

虛擬的現象如水浸田
靈性伴隨月光來探窗

──選自《愚溪詩集V·降一色》

22.天城寶蝶

夜　古老燈塔喚醒天城寶蝶張開翅膀
一股識浪衝出天心
卻被一只玉壺收藏

寂　內裡潮音再度來到耳畔敲開記憶
愛的風暴席捲夢般大海後
退入空冷的幽谷

貫花湧泉的那條長河
依舊彩霞滿天
雨花石　經年瀑布下洗滌
水漱玉　沁入心中一念眞

——選自《愚溪詩集Ⅴ·降一色》

23.古牆新色

少年的音聲遍布空中
呼喚昔日一樣的家山云何現在不同
神奇時間搖擺旅人的脈動
百年古牆滲出新顏色

站在隔著玻璃的門內怎能感受夏日雨滴清涼
遊戲在夢幻那邊
淡淡愁緒透入伊底情思
妙智慧借一頁書找到入口
濃濃寂寞將愛心鎖在幽谷
月色引八風從六窗出走

冬日　湖水漸漸化成冰
群鳥飛離去　期待春再來
懷念夢中時而出現的神祕家鄉
辛酸的淚水滴落桑田
是誰干擾四季平衡使原鄉路成謎
　彼此追尋　誰來指引
寒蟬孤獨吸吮清秋的凝珠

——選自《愚溪詩集Ⅵ·歌羅分》

24.如海的劇院

巴黎老歌劇院　金壁上印記重疊千萬人影相
夢幻與現實參半
回憶與幻想互融
陽光寫照大地拍攝新舊交錯的窗口
球場凝視夜空等待春季比賽再相逢

海　一座12×5格的古老時鐘
腳　奔跑於60×60×12滴滴答答
　　　　　　　　永無盡止365度沙灘環繞
路過的白雲瞬間卷軸你過去的身影
浪花顧盼剎那沖洗心想欲留的足跡
綠色芳草綻放春天的綠
紅色落花失去昔日底紅

田中耕作老農隨夕陽西沉而歇息
夏日湖水愛打盹少年的歌聲將伊喚醒
空白的天只因眾藝童子晚起不及染色彩
覆藏的地盼愛智少年早日開發現前舞台

——選自《愚溪詩集VI·歌羅分》

25.冬遊慈悲旅遊書店

慈悲　旅遊書店的門開開關關
進進出出一群群追尋寂寞的人
喜捨　破舊的衣服新補
拂亂的衣角重摺

希望　月光投射在琴鍵上的手指
從按指揮別炫爛的月色
我照見自己
尊重　黃昏樓上有人站在窗口看行人
西方落日卻悄悄拍下你與窗子的身影

迷路總在轉彎的地方
愛與智的基因藏存人們的最底層
每個鄉間都有小孩玩遊戲
每座荒蕪的心殿皆潛赤子的情靈

冬日夕陽暖呼呼貼在我臉上
兒童踏著直排輪溜過日照寫下的長影
一堆字躺在紙面
經由e-mail傳呼到遠方伊人手上

潔白的雪地裡登山鞋刻劃一路深深足印
松葉上冰花與寒地雪梅綻放的銀朵比艷

　　　　　——選自《愚溪詩集VI·歌羅分》

26.新世紀的首日封──旅人封箴外一章

畫眉鳥劃破雲紗
日從東海霞飛的雙眉跳出
我的手指早已按住快門
卻被紅日先攝恆存
　收藏於新世紀的首日封裡
陽光再度點燃人們失落在二十世紀尾端的熱情
棲蘭山雲空傳來松風的消息
　是二千五百年前的古神木群
于2001第一天的脈動

前夕　北風大掃除
　為上個世紀譜下休止符
是別人的夢如何進出
一座美麗的桃花源
需葉帆載運千萬顆有情種子隨風播流
──神木傳語：
日出總因天公作美
烏雲常使明月不見手指

網羅新運　羅網天心
忽然一股風雲飄搖於掌心
牛兒在山中溪澗奔跑
雙足踩碎月　嚇著水裡魚兒

旅人啊！不知昨夜又是誰在為你織布

一輪圓光清珠
澄潔宇宙萬象
淨化了諸天浴池

　　　　　——選自《愚溪詩集VI·歌羅分》

27.千華的春日飛航

黃昏彩霞飛羽從東海那端來
西方點亮一根紅蠟燭
小溪　春秋逢雨直奔幾百里
　　夏冬止水數千尺都捲退
海中漚　風吹浪所生
氣息刹那幻滅匿藏形跡

遊子將遠行
母親爲伊縫衣裳
旅途過渡不小心沾黏污垢
憶念母親的心
　　　使伊護衣拂塵洗滌返潔淨
異鄉客床　欲想攀緣夜夢增多
　　　　妙思清涼夢夜遞減
光明日日和黑暗交錯
三昧時時與有情相逢
幽谷裡千年暗室一燈點亮呼出萬象
雙指忽遮眼神　頓失天上一圓月輪

天地是座古老的石磨坊
時間扮演推手使法輪常轉
流汁成海　積渣成世界
拼成一塊大豆腐後　切割分布

千華說　白雲是山的屋頂
　　　　大圓圈吃掉小圓圈
忽然一聲大喊　　問
剛剛的聲音跑那兒去了？
小女孩在天空機艙窗口　找到
　　數不清的小綿羊

正方立足　須就四端
圓形遊走　依循周邊
三角金鼎　靈泊中央
循舊跡衣衫飄過落霞逐紅
看新浪沖刷古城牆的蒼苔
多至到立春　新舊世紀的交接日
山中有位103歲老婆婆
　　　告訴我活了三世紀

　　　　　　——選自《愚溪詩集VI · 歌羅分》

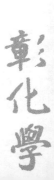

28.禪林寶刹筆說褐布裰

悟上座送褐布裰
是冰火二鼠之毛交錯織成
遊子迤邐行腳
欲顧隨境風飄飄曳曳
近鄉情怯　見夕陽印在燈塔頂
火般熱情慇慇

迴觀萬丈瀑布奔流回天際　念念漩澓
一股憂愁巨浪衝上岸後
　如幻三昧隱藏
妙思在半睡半醒中浮出
看那裝滿水的木桶百忙中逗弄月亮
想像力在光天化日下遁形

原野寒煙荒雨　鳥孤飛
聲色外境遷移你的心神
靡不有初愛念之情萌動
　驕盈任性萬牛挽不回頭
怎相忘　辜負他人的耳朵
欲遊於空閑域地卻被拘繫於寂寞之濱

過差豈能自我遮蔽
　雖嘗遍幾多萱草又怎忘憂

燃火炬　攜竹杖
穿雙履　涉山川
盡在我山中遊颺宛轉　相遇甚歡

——選自《愚溪詩集Ⅵ·歌羅分》

29.生命本初──三千年夜宴圖

錯亂的光交織孕育生命底靈
痴迷的愛爲角色注入生命
從失落的記憶裡探索自己心靈迷宮
卻經年遑遑霧重重
誰能聞出地表那股神祕味道
成熟的果實落地香氣滿溢

納風亭裡　有另一種特殊意義的聲音
永恆不變
是自己認眞聆聽的每一幕
古室老瓦添新衣
令人回味疇昔三千年的夜宴圖
是誰攔截十方三世天地萬物的光
聚焦成爲自己所能駕御的夢想後再釋放
翠綠螳螂　紅色薔薇
彩色蝴蝶
蟬與蜻蜓透明的翼是宇宙不可思議的圖像

一根金色羽毛輕輕飄過眼簾
我心觸入天外天金鷹遨翔之祕
潮浪天天推日出爬上雲梯
夢想在眞實裡顯影後絕相
寤醒時分常在劇情祈盼下認眞演出

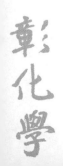

幕落終究是一片虛妄幻假
念力定位云何經年隨欲風漂移
冰岩下的綠草如何識知苦與樂

新生兒原初受天地神祕庇佑
長大後知覺漸凝成憂愁
陽光照見聲色一籮籮
心之焰偶然劃過迷思底黑洞
空氣奔走鼻孔裡呼吸
塵沙追隨風四處飛揚
大河的水供應三季舟帆　一季冰雪
無明總因堆積疊影使一片冰心轉不透明

燭火炫染月色妙觸孤寂
洞穴中地泉夜夜雕刻萬年鐘乳石
蝴蝶飛向綻放的花朵
閃電躲入黑雲隨雷聲示現
輕巧晨霧點亮蕊心懸掛的水滴晶晶
照見自己美麗的眞容多情
是誰在深夜裡對著天空高聲歌唱
綠色華帳遍結瑩湛鈴網

無量生命在地球這個小村落進進出出

恆河沙數星星於銀河系裡浮浮沉沉
日光照那樹側影斜
秋江弄水月落森羅
天鼓出聲寂寂從晚紅傳來
花朵蕊綻悄悄就枯樹生發
河流林間風響處處密碼可印心
妙指須臾繫縛月光
意中帆隨風遊十方

——選自《愚溪詩集VI·歌羅分》

30.致吾友錫津先生

夢想遊走於魔幻蛛網

有情牽動內裡一分微細無明的隱憂

越野車行在懸崖峭壁路上又逢爬坡

意馬隨思念從心靈隧道出走

感官供應虛妄不真現實的剎那十數載交流

光陰天人猶如處夢初醒

從這端來到那端

從那端回到這端

少女在等待威音那畔外的父親　祈盼歸帆

生命的存在只不過是虛擬拼湊幻覺的圖像

當下咐囑記憶不要忘失

用靈性來解讀

念力與觀想感應示現心海

相互依存即是真實不變的永恆

——選自《愚溪詩集Ⅵ·歌羅分》

31.紫貝殼──海螺威音

古神話的傳說
未來螺旋銀河星系
　　　隱藏在威音那畔一只紫色貝殼裡
過去金色海裡失落的沙粒
　　云何出現在今日山巔石峰

掃把擺在門前
趕不走蕭蕭葉下微小脈譜核心
　　　　　釋放數字密碼的占卜
樂舞乃天地之異數
雲窗蒼茫御風
蛻色如彩虹般絢麗
21新紀元前三年秋分
古棧魚藤坪斷橋成絕唱

辛巳年立春於農之晚閒
芒種立牛後
　　　足力健善奔跑
火紅熱情炫耀幻象
合歡山初融的冰泉潺潺
　　　　　劃破寂靜的黎明
紗窗外雨水洗過千翠羽
　　　　萬蕊焰

林間日光艷艷隨綠波漾彩
曙不開濯濯滴露　眾萌競吐

疇昔那只紫色貝殼
　不知是誰遺棄的家
千帆含春花開放　情品萬盦
綵亭　萬物有靈性
觸目倒影歷歷入眼明

　　　　　——選自《愚溪詩集VI · 歌羅分》

32.紅色的童話宮殿──落日密語

一方古銅鏡裡

好奇心孕育有情夢

　　　　失落了原鄉底風景

夢中又因好奇心現相無邊色彩

　　　躍動幻境已數千年

圓圓團團飄飛的紅氣球

指引兒時童稚心的歡樂

　　　　　　　落日　日日西沉

卻送不走有情一擔擔底愁

藍色的湖　易找到天空

綠色的湖　常遇見森林

為何你如今不再構築兒時童話故事的宮殿

愛好攝影留影像

凝結記憶恆回憶

微風挾密語吹入耳畔

告知　夢裡溪山那座經年霧茫茫的小村落

　　　　　今已被寒冰封鎖

燦爛的天城寶蝶

每座銀河系都密藏黑洞

吸入漂流物質開拓更寬廣的宇宙時空

　　　使所有行星自由自在遊走其中

光明智海裡有間無明暗室
常因壓力而形成人類顆顆織夢的鑽石

秋日　看白馬入蘆花
冬日又如何在黑暗中　尋找蝙蝠

　　　　——選自《愚溪詩集Ⅶ·雙魚玩月》

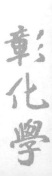

33.春雨和泥——天地夢境晨梳

山迎合雲
感應雨神
昨夜　是誰的腳印
　印在泥濘的春路上

千年老樹藤葉蔭遍布
苔蘚退藏日光
封閉空山幽谷萬載
傳言　夢中的伊善變身
潛意識孕育重重波濤
　　席捲靈知的心殿

初春　大雪還在冷冷的天空飄飛
漫山已灑下朵朵花雨和春泥
心核之火亦點燃
照亮天地夢境一瓣瓣
　雖然外方十三級浪
正推引那天邊渺瀰的浪潮

排排列列的樹
間間錯錯的屋
都從車窗裡　幕幕挪移
是誰為了尋找一只背包逛街一整天

突然急下一陣雨
卻阻擋不了晴天的情緒

一份好意　使我手腳起舞
春風在月夜裏輕輕敲打紙面的竹窗
一份善念　使我眉飛眼笑
山巒邀白雲在上方繪圖
群鳥于青空寫書法
日裡天行光合
夜天地氣凝露

冰封一季的銀溪隨春天的腳步釋放
熱情奔流　遊戲

——選自《愚溪詩集VII·雙魚玩月》

34.雨季的火焰花

綠霧森森
一束光就風隙裡入
鏡頭下　青蛙喜悅歡呼
四個輪子織就一部車
是牛　就前拉
是人　在後推

納風亭鳥語和海潮聲聲伴木魚
月光寺白雲疊浪花悄悄移落日
雨水　是播種的季節
驚蟄　萬物始能吐芽
鼓樓那畔——
火焰花朵朵伸迎天空與夕陽爭紅
禪心閉目　卻窺見光明色彩塊塊
淨念　寂滅無聲
耳內但聞千蟬爭鳴

感官眠覺不受境外物導
妙思如寶蝶任意飛向天邊
念力驅使各人世界的變化
常寂光　是念的頂峰
闔目眠耳本欲了卻聲象　又
　　開啓另層色相影響的封印

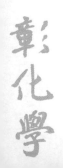

小橋上落葉鋪滿階　無人掃
雨水淋濕花底容顏　獨憔悴

　　　　　——選自《愚溪詩集Ⅶ·雙魚玩月》

35.一枝遺落的青鳥羽夢

蝴蝶佇立眉梢
星夜裡夢想增益現相
蟬鳴拂過耳畔
月色因指落向銀河涯岸

花香留在鼻尖
欲除煩惱如移山
山　是粒粒沙堆積集成
甜蜜流溢舌頭
各有因緣　念念累心成一個我
我　不是眞的那個我

青鳥掠過
一枝羽毛掉落夢的角落
追尋　卻在醒時枕畔
風于虛空中流浪
空　如海一漚
東風吹那千山新月映照茶樹藍

雨在雲霧裡徘徊
霧　如山吐氣
雨水趕赴初春洗滌酷寒的冰雪

——選自《愚溪詩集VII・雙魚玩月》

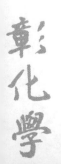

36.愛是一只裸空的竹籃

黑夜　雷聲閃電挾風雨來逗趣
白天　日光如火般的熱
　　使屋中那盞油燈無辜受冷落

慈悲心目寄附浮塵的眼眸
流動的色彩彌空
有情音聲呼喚內裡淨色耳根
雲幕從天際悄悄吹起季風
愛是一只裸空的竹籃
永遠盛裝不了欲望的花朵

妙峰七寶黃金塔頂藏有絕色紫晶沙
千萬顆小水滴匯成一條大河
魚群穿過橋門　搜尋沙數覓食
迷路總因錯亂了方向
靈光走失的時候
　另一個我在哪裡？
大步往前走　誰指南

封山是因路上積雪
等待　漂浮光陰裡被寒冬遮蔽的春來

　　　　　——選自《愚溪詩集Ⅶ·雙魚玩月》

37.鳳凰花的祕密──高感度現象遊戲

靈光沁入聲象
當下與菩提樹神交
記憶傳動影響
昔日和滿幛鳳凰花款密
霧濃　凝成小水滴
顆顆如晶露通透
3000×3000×3000　寬　長　深
立體星棋交錯
懸掛於太古蜘蛛織就的一張因陀羅網

如是列布夜空
重重疊疊二十層
月色點燃　光光映燭
瞬間顯相──
法住法位流轉
點點滴滴安立
猶如不可思議恆河沙數的燈雲珠海網域

　一陣風吹向大海
無數漚珠飛昇
　　粒粒都是念力的結晶體
看那千百億化身
生生世世化成莊嚴無邊顯影

世界主三方皆滿意

耳朵怎辨妙音
眼睛怎分絕色
　這般高感度的現象遊戲
伊底內心云何了知

　　　　　　——選自《愚溪詩集Ⅶ·雙魚玩月》

38.飛行玫瑰森林──青石彩蝶

午後　枕臥青石
　　耳畔飛來彩蝶與靈感對談
眉毛撞著清風
　　　玫瑰花瓣落在鼻尖
心神襲香出竅
　　祕密森林的那扇門半掩半開

斷崖石窟險降坡
　　　　無明荒草漫天爬
雨林陵谷綠走廊
　　　覺花忘憂遍地開
紅羽蝶翅在夢中飛行數象
　　　　歷經生生世世
松林風籟於靈台方寸裡歌唱
　　已過歲歲年年

一股靈氣衝出霧布底迷宮
　　　三千煩惱頓落九天
古佛身影在空中乍現
　　慈悲眼眸喚回出遊的心神

──選自《愚溪詩集VIII · 兔子懷胎》

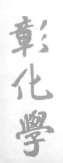

39.21th宇宙萬物春日運動會──行腳古村

春分　山中小徑
行人匆匆去踩春
花語　夜霧幽深
樵夫閒閒數落花

心貼近象　觸景牽情
冷冷的水窪
　　山巔樹影紗袖滴露
心抽離象　絕塵空靈
千萬朵紅雨灑落
　　二分之一鋪滿溪流
　　　　二分之一和了春泥

由心領路　依象入門
21面聚光鏡引21世紀第一道曙光
　　　　點燃聖火
宇宙萬物運動的競賽正開始
藍海白浪　潮濕的灰沙
黃金貝殼　翠綠的山脈
　　誰最出色

三千年前出土的古物　編鐘
今春敲醒——
湖北夜空下
熊熊火焰燃燒今人昔時熱情
光陰正迴溯
我欲入古村園林裡遊戲
你來嗎？

——選自《愚溪詩集Ⅷ・兔子懷胎》

40.老樵翁的紅葉風車

野村大道風中孤寂
幽谷銀河螢光燦爛
木棉古棧朵朵橘焰燃空
　　　繫履足忙
旅人樹下　過客歇腳止渴
七葉搧來清風不知寒冷

山谷裡　染溪畔
　　風車在呢喃
紅葉飄飛自然掃塵
　蛇化魚　魚化龍
天風徐吹送走落葉
　現出一方古青石綠玉苔
老樵夫就地掬露　生炭煮茶
水霧漩澓就兩渦謎團
拼湊成指上月光

如幻的宮殿容易消失　留戀
過路人問路　路在何方
晚紅已暈抹七寶重林
花瓣如雨紛紛從天降
瞬間洗淨情沙欲愛虛擬的化景
夢境同真實　日夜交融

淨眼和浮塵　明暗共存

知音人抬頭望那漫瀾星河映帶峰頂
鏡中鏡傳瀉千里怎寫究竟
變易祈新　不息生生
揮袖離去　放肆縱橫

——選自《愚溪詩集Ⅷ・兔子懷胎》

41.肯耕田園中不思議世界景象

尋聲追色　十方眼耳
　　見聞不了當下本地風光
識攀意纏　葛藤包裹月光
慧刀開覺路　幻象藏不住手指
自我家園四季不肯耕
日夜依歸他人田中作佃農
牽動那方感覺作弄誰

雨季　流泉爭先離垢
風穴　落葉恐後莊嚴
太平洋那畔朝霞安住虛空
東海岸山鷹浮遊於上天的大光明網
斜坡上水牛打盹
　　　鼾呼陣陣善住不雜亂
這般不思議世界景象
都被春天最初綻的一朵野百合照見
編入伊心底傳說

八千里外　清雲寶月隱藏世界
獨自來到桃花林
卻被片片紅雲牽入溪澗染色彩
揭開伊底神祕面紗
今天的心　存有三種念頭

一條魚往前遊
　一條魚在後追
另條魚化成龍向上飛入空濛

　　　　　　　——選自《愚溪詩集Ⅷ・兔子懷胎》

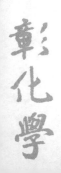

42.蝴蝶與古船帆──夕夢溪山

大夢想家愛在夢裡仿蝴蝶展翅御風
夕夢驚醒
翱翔百年不真

超想像力於虛擬中複製未來城市
鏡裡寫境　影現千重門如幻
光光相涉將殿簷拓染似空中下錨的古船帆
傳輝溪山　鏡頭移動色彩一路變換視覺
是誰將河床當橋
任那越野車勘過
踩踏那雙魚玩月的泉石

玉山峰頂　正午
大日投射豎臂鷹羽
垂直影像落在春分大地
有人經常放棄自己
終日追逐他人流影奔波
蘭花本應依棲空山幽谷
云何來到幻海沙界行旅
百川爭入海　千燈競相明

迂園外　河岸邊
靈知不成眠

彰化學

向上一念力
御心轉境離煩憂
辨薰香　思自省
誰能以蒼生爲念

　　　　　　——選自《愚溪詩集Ⅷ·兔子懷胎》

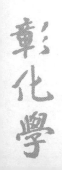

43.夜夢雪地的白色迴音——星塔108×7次的呼喚

千年滄桑史　浮現老樹新綻的葉脈
鐘聲在寂靜夜空108響
海螺迴音
繞那白色雪地108座星塔七匝
伊有恆河沙眾共伴
猶說寂寞

夢裡一片痴情　不忘初衷
攀岩走壁　彩繪大雄大力
意路流布展轉相送
心城無門從何而出
古時漁舟愛在黃昏唱晚
今人歌聲嘹亮夜半時分

正因天性即載回滿船光影
動態平衡心神與物象
　　　　　　兩端不昏沉
因陀羅網承露透明
重重交映
顯現星星兒倩影
夜鶯啼　一聲還續一聲來

醒時倍覺孤單
雨水滴滴落天心
眉毛上月光照見的
　　──依然不是自己

　　　　　──選自《愚溪詩集Ⅷ · 兔子懷胎》

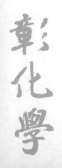

44.黎明　諸神就座──海印森羅與圓明自在

星空下　少女隨月亮運足
日出海　王子不理識路
牧童指引向群山萬壑探險尋寶

空曠大草原　天色微亮
重重影影疊入人群
森森然千腳追逐
妙峰頂上有張老禪椅
經年雲封霧鎖
偶遇從銀河出走的流星閃過
剎那可見諸神就座

時光記憶中
海印與自在共用一扇門
一個早出　一個晚歸
森羅與圓明若能交會
不可思議的意念
一時注滿夢幻虛空

蝴蝶駐足眉睫吸吮月光
白雲浪遊寂寂藍天不知返

海上船舟銜接陸路駁車
地鐵捷運站電扶梯階階往上折疊
黃昏
這蒼翠綠幕依舊布列夜空
波波離去的演者猶獨自徘徊

滴露顆顆晶瑩剔透　多如恆河沙數
晨曦點燃光明的火焰　漩澓生發

——選自《愚溪詩集VIII‧兔子懷胎》

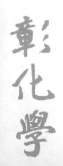

45.寂寞蟲兒的夏季綠色星球──沙漠寶瓶傳說

春晚　花光漸調柔
我聞到天地香雲海會的氣息
納風亭畔星空下
七日後　將有八萬里外徐徐吹來初夏涼風
埋藏沙漠的亙古寶瓶
　天雷將開啓封印
釋放三千芥子入新泥

大雨落──
　　黃土地剎那變綠草原
這粒粒小小的種子　早已預知
大地將有百花競放光芒的神奇
山裡小孩　問最後一批踏青的過客
　你從哪裡來？
落花云何不告而別
隨流水出走

太陽下山了
星星悄悄貼上天幕
窗口飄落一片紅葉
細看　原是千里外的大峰

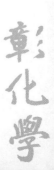

　　　沒忘記我昔日上山的故事
特捎來一頁消息

我想起山中小孩與過客的問答：
　　綠色星球上爲何小鳥出生就有蟲吃？
殊不知──
遙遠過去混沌時空裡蟲兒最寂寞！

　　　　　　　　──選自《愚溪詩集Ⅷ・兔子懷胎》

46.百花亭主的老婆心切──囉囉哩哩囉囉

13級風推海霧瀰漫上岸
海螺呼嘯陣陣吶喊
雲中老樹枝離葉飄
暴風圈裡　心在浮潛念在衝浪
意有歌卻沒得唱

聰明人常因果熟落地倍感孤寂
高山一心想擁抱竹林與石頭
魚兒隨巨浪清洗沙灘　笑著說
　　高山那顆心比我還沉重

路邊一朵白花　凝視
邀我為伊寫首歌
溪畔青蛙知曉　開口
　為伊獻唱──
花兒隨風搖頭說
不想聽那流行的歌聲

青石夜夜都在等待
　露珠梳理伊眉毛上的苔蘚
每一枝草每個星晚也在等待

那自天上來屬於伊的小水滴
一條牛放開繩索穿越一道時空之牆
全身皆過了　尾巴卻卡在裡邊

小橋間波波流水欲奔向何方
　　流水有應無語……
魚兒跳出來回答：
　我日日留他不住
　伊是為了你才出走！
千江潮水都在深夜裡祈盼月來相會
群岸天空被一隻大鳥的雲翼所遮蔽
不知何時還伊一片藍

過客問百花亭主：今天應供什麼餐與茶
　　　　　　　我喝完茶就得趕路
旅人問亭主：明日氣候是多雲還是陣雨
　　　　　　我今夜將在此借住一宿
流浪者問亭主：最近有沒有見過靈山雙侶
　　　　　　即是皆空童子與如意尊者
　　　　　　我追尋四方遍處找不到
　　　　　寄於此山中或能滿足昔日願求

百花亭主為過客端上一碗茶

爲旅人打掃一間房
爲流浪者從一方古月井裡汲來一桶水
　夜深　流浪者欲洗腳
剎那間不小心踩到月亮
古井的心碎了！

　　　　　——選自《愚溪詩集Ⅷ·兔子懷胎》

47.創世紀──遇見古農村

風雨遮蔽星空不見月
寂寞橫掃雲天只因天生有情種
雨　滴滴落簷前
農村房舍藏有古老生活美學

意識網域
串串紫藤花垂掛竹棚飛舞
隨視覺無窮無盡延伸
深遠浩渺不可測
能見分當主人
所見相分作客
兩者交感並存
主伴互織牽纏
成就追夢人來此世間浮沉

微妙密因存藏於原初念頭
過去一念　化成今三千世界
未來一念　普觀剎那無量劫
雪花如雲匯聚星系團
煙塵沙粒凝成銀河岸
心是知的源頭
伊經營的世界無圍限
過去的夢迴　未來的理想

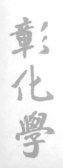

當下　現在的桃花源
莫不來自內裡潛藏無限萬有的引力

自己心中樂音云何流入別人夢海
若有所悟　因陀羅網通路的光纖即將漸亮
若還所迷　亙古識海的路燈處處熄滅歸零
若人欲從帝網中親見過去底伊　明日的我
應了知51顆心所亙古都在夢裡流浪
八識田中
因早在威音劫外中了駭客的病毒
故始終迷惘至今

野村風雨交加
天色昏濛漆黑　急
遠方山寺透微芒
靈知突然六種震動
雷電借天光傳語
妙智慧須與天然大定和合
眉間方能放光
照見十方三世一切現前眞相
瞬間覺花點燃塵封的織世網路
念力駕御不退風帆隨大河記憶
順流返航寧靜湛寂的薩婆若海

千年暗室裡
宇宙密因　彷彿五方安立的五盞燈
偶逢有緣依序點亮
心殿光明寶物自然湧現
定睛　觸目皆眞
　　　　明明了了
頓悟　天地間一切現象都是由心創現
　依意所擬的一部幻景化境出遊記
人所織的識網充布沙界映現世間
隨緣四處出出入入
淨色與浮塵互感相應在夢那畔
從不漏失　無不周遍含容
如是　眞實不虛

正因在大日輝映中
自家滿園桃花間那棵菩提樹下
伊心不遑安住
使一點靈犀走漏消息
惹出千般是非　萬種光彩
演成今之微妙不可思議有情人間夢幻世界

——選自《愚溪詩集Ⅹ・五天銀燭輝》

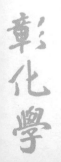

48.六趣森林翠竹譜──綠林外紫芳苑

小女孩從紫花園裡出走
遁入綠霧森林
　追兒時記憶中琴音
陽光透過葉脈開示正午時分
手扶樹幹依樣睡呼呼
美妙旋律在夢中迴盪

窗外迂園
桃花新開　有蝶飛來
門裡茶香
月投銀盃　客鄉情濃
夢中做主能呼風
永夜喚不回濕淋淋　雨
自幼不知親生父母的小女孩
永遠在尋找伊底雙親
唯因不願經年當陌生客
今夜　忽見
伊在古農莊的野台戲上扮王子

眼若不睡　縱入森林玩千遍
目中無人　六趣依心央流轉
藍天常有白雲相伴
風雨偶來樹間盪秋千

彰化學

蒼茫間相望
兩對眼睛不互應
蟄伏解語花朵朵滔滔不絕
隱形流水默默無語清一色
兩者至今猶陷於地久天長的無邊世界

千年前　伊寄來一粒種子
如今我已養成一棵大樹
我摘下一朵心愛的花送伊
伊不見色不聞聲只是微笑
伊傳眞來一頁古琴譜
我用13根翠竹敲出
　　　千千串串遍虛空盡宇宙的音符

　　　　　　——選自《愚溪詩集Ⅹ·五天銀燭輝》

49.微物漂流古澗說書人──靈知的布穀鳥

刀耕火種瑩瑩生明
南方良田云何種子不萌芽
　　埋沒一生
十方八面聲色環繞突襲
靈知　悄悄隱去
布穀鳥聲聲解語：
淚之刃泣入菩薩心

清澈流水鋪過粒粒金沙河床
透明溪澗洗淨月光底卵石
一雙藍雁追白雲高飛
一對雪鶴獨立碧湖畔
寂靜清磬是心神小憩的殿堂
重編記憶把過去錄影存藏
薰風且捎來果實將熟的消息
現織的夢就當下虛擬幻象

山中小徑欲啟還封
瞬間雲彩遮蔽晴空
今紅葉飄落覆藏昨日枯羽
有人來古澗打水煮茶

月色下　說書人說故事
一陣拉絃聲——
驚動了夜晚吃菓子的貓頭鷹

日與月寒暑變遷
花與果生滅交謝中有微物漂流
青春在於兒時年少
　流光遷離今已老
動　知識總落凡情
朱顏常住昔日光陰
不曾流動至兩鬢星霜
靜　覺知感應神明

——選自《愚溪詩集Ⅹ·五天銀燭輝》

50.念伊是誰

柔軟地——
　　有朵蓮花從池塘冒出
清淨　5瓣朝下成寶蓋
離垢　21瓣向上為華幢
妙月下　海印放光
夢裡藕絲輕輕懸浮一座須彌山

伏藏　情與欲不可思議
能作明一念悟見天下理
離矇昧一燈突破千年暗
捲退潮水　岩岸
波湧浪花　沙灘
含苞蓓蕾　天地
綻放花朵　石火

少女離鄉嚮往他國
　　世界闊幾多
伊人傳mail
　　　空中網路轉窄
思念　月光的窗口
床隅　母親徹夜眠不上枕頭
新奇的異域街道
故事一籮筐

慈母織衣已不在遊子身上穿

任運
　　戲水的高手是蜻蜓
　　　　　　尋思
　　追蹤移動的目標是心神
無住處　有情無情愛跳童年舞
依他起——
　　是隨欲或圓智
妙思隨萬象紛紛遊魚

　　　　　　——選自《愚溪詩集Ⅹ·五天銀燭輝》

51.行藏飛岫──獻給父親

遼大廣闊天青蒼
有高亭威威凜凜立於宏偉的山之巔峰上
嘯傲行藏那偌大的器量
看山川飛岫兜兜轉轉永懷塵外蹤

悵然憶久之
高瞻不復造極
曠然長慮之
赫赫然走八方
清露捲簾兮
閑情閱儒雅
素衲安禪兮
碧水奇峰照

遙遙天空下
德高行大勝過旨意的深奧
闊闊大地上
聲譽長距超越萬般的風韻

　　　　　　　──丙戌年正月十三日

彰化學

52.不滅之魂的夢幻之都

　　一只鑲金邊雪白的銀鉢
　　盛朵紅玫瑰　彈指
　　化成一對永不褪色的美麗蝶衣
　　湛露　張開愛的精靈的翅膀
　　輕搖雲羽
　　以雙翼擁抱情人入夢
　　並賜予伊一頂
　　用金色花朵所編織的桂冠

　　一滴眼露誘發一世紀情深
　　片刻的假寐　卻
　　被捲入今夕之夢感花嚴
　　希夷　空明孕色
　　金絲雀躡手躡腳飛入粉紅的桃花林
　　愛的靈苗在夏季墨綠的池塘
　　滋生成長
　　相思　在秋分的晚紅裡發酵

　　山姑娘以輕柔的指螺
　　妙觸情人的眉間
　　掃描亙古的真愛指數
　　今日　東方沒有跳躍的火球
　　只因西南氣流的鋒面雲帶滯留

純情的山姑娘滴滴淚雨
戀戀憂鬱的藍　蒼苔的綠

金沙大河浮現黃昏之眼
夜幕低垂
一條銀色的大河
窺探　一座月滿弓的湖
照見少女被困在──
不滅之魂的夢幻之都

少女的夢裡有夢
在幻海中迷惘
天空出現奇特瑰麗的景象
少年以觀想的　念
欲襲住深秋那輪將墜的紅日
延長夕陽落幕的時分　如
心之輪的橫切面現在前
是　夢中夢又夢的永恆憶念

黃昏的山姑娘
歸來自家的僻靜角落
扮演裸體的模特兒越界
在櫥窗裡跳進跳出

窺探　隔岸的魔與獸在搏鬥
山姑娘變身爲漁夫在深海布下藍網
攔截　魚洄游的來時路
初嚐前所未有被一種甜蜜夢境所騙的感覺
心甘情願墮入一座全方位
大體驗的感情虛擬世界
出賣自己的感官
來探測人類心靈最幽深的密處

夢裡　路況似乎有些不熟
爲了追夕陽
認錯了靜浦小村下車的站口
日落
山線與海線成渾淪
天涯與懸崖兩不分
曠野寂靜
遠方偶有微微螢火燈花閃過
指引
隱藏幽深的紫藤花徑裡

施夢人在此開了一家
竊取他人隱私的量販店
山姑娘就在今夜

一時將累世累劫的祕密情人都出售
23對失序的染色體　在
無垠的渾沌搖滾吶喊

陣陣落雷十面埋伏敲碧漢
閃電如晉鋒八搏貫破空濛

　　　　——選自《創世紀》詩刊之邀稿

53.從哪裡來

母體·槭
鮮血般的殷紅
錐心般的刺痛
是數不盡的相思
是野蠻拓印的紅葉
是兒時記憶中永遠忘不了的傷痕……
原鄉·鶴
井中有隻千年來安住不動的金蟾蜍
有天夜裡來了一隻千歲銀鶴
將伊載運騰飛出空
天中天，有位美少年名叫泥洹
一次最原初的純情夢
在鶴井亭變身留影……

風來了
兀立傲岸的椰子樹
尖端翠色的羽毛在空中陶陶招搖
爬山涉水的合少女
渾渾漾迴於銀河玉帶邊
翩翩飛揚一襲蝶衣
罔少女帶著一群現代舞者
在老舊浮雕壁畫的長牆學飛天
突然，畫裡

有位仙女剎那自色彩中遁走

風車輪　紡車輪
紡織娘嘎吱嘎吱
紡車輪嘎吱嘎吱
象徵母體與楓的紅永牽連
雖然在極度寧靜的夜裡
也聽不到暫歇的休止符
御風的鶴寂寂清嘯
碩大摩天的風車輪寂寂清嘯
在原鄉的曠野流轉生生不息
新新不住地寫下天下蒼生的終極歸屬
盼在今年春天裡
使盛開的桃花圓滿所有的華枝

小女孩湛露，播種問：
「風這麼大，我的種子會不會飛走啊？」
樂師少年說：
「不要擔心，種子會自己躲起來！」
小女孩湛露問：
「那我會不會找不到我的種子？」
樂師少年說：
「不會啊！是妳的種子就會自己冒出來

　跟妳碰面……」
是夜——
小女孩湛露在夢中看見了她的種子……

　　　　·現在
·　過去
　　　·未來
如來如去　三點密藏
在山童那雙愛變化密移的大足
怎能歇止
若無所從來無所從去
云何流星雨似般若鋒兮金剛燄
光刃劃破——
魅少女在孤寂的夜累積的滿腹心酸

有時
還給伊偶然純眞的笑容

　　　　　　　——選自《創世紀》詩刊之邀稿

54.曠野有舍

，逗點總在、頓悟之前
一念九十剎那
一剎那九百生滅
；默默不語。句偈
看——有龜藏在殼裡
歷　萬劫浪在波中游
！水噴湧漚漚都是驚嘆號
有形無形的……所有一切密寶
都藏在一座座的形山
？問天地萬物誰最先
萬象主人杳杳冥冥
風光　在彈指瞬目間神變
　　　從此天下蒼生不再煩惱
如夢　如夢　本來就無夢
忘情　情忘　云何還念念不忘
看　天邊曦光流彩
　　　海角波騰翻海

2005.3.22 19:43
太平洋東海岸畔春雷陣陣乍響
從天外天來了三賓客
滿園的桃子新生
竹尊者是那種桃花的人

美麗蝴蝶隨千山輕搖兩片紅唇
鼓動那捲舌　吞食百花的精魂
栽松樵翁以九雙鞋換來半罈好酒
甚喜悅　瞬間
眉分八彩目有玄景
稍後　一雙朦朧醉惺的老花眼
遍尋不著八萬四千個毛孔

凸的鏡海，蝴蝶的翅
　　　　　　化成五爪金鷹的翼
凹的鏡宮，山中的水牯牛
　　　　　　變爲階下的毛毛蟲
有隻金絲雀瞬間極速迫降……跌跌撞撞
僞裝　只因愛鬧著玩
曠野有舍
站在門檻的山童對三位訪客說：
「請脫下你們的帽子留下你們的鞋子
　再進去。」
曠野有舍
站在門檻的山童對出遊的少女說：
「要時時親見戲服裡那位眞正的主人翁
　要刻刻識得錦衣下那隻狂野的獸！」

晚春桃花園的桃子熟了
少女手上有張紅桃Ａ
少女手上有張黑桃Ａ
舊牆上有幅九三老人的畫
「一竹籃裡有兩顆仙桃」
那一夜　種桃人竹尊者
請少女與三位訪客
喝新釀的桃花酒……
酒　醉，放肆天下……
那一夜的銀河
右岸是紅潮　左岸是黑潮……
衣裳襟裾薰染
皆成春神在舞蹈……

——選自《創世紀》詩刊之邀稿

很多神祕美麗不知名的魚在游藝
天空出現一朵白雲密移光陰
水面波浪與浮萍在競相擁抱
大河道新搭建的一座水舞台
今夜演劉半仙推背的皮影戲
一場恐怖巧合的競技
都以厚與黑爲最高策略……

有一道夢的缺口——
在清秋的寧靜河畔
少女的小舟悄悄划入……

　　　　　　——選自《創世紀》詩刊之邀稿

【輯二】

組詩選輯

1.孕荷

I
a　無差別的世界
陽光是新起
海水是新曲
沙灘上粒粒金沙都是新奇
一地能生一切草木種籽
令增長成熟

II
ra　應離塵垢
在曠野之中
我親見一棵擎天的大樹
正驅趕天上白雲飛馳
轉依
溝通山谷間的那座藤橋已換做觀光的空中纜車
手與腳之間的平衡擺動早成爲招感視覺的搖籃

III
pa　眞理那兒
云何經常脫序
只因使不上內在的拉力
觀想
空說空　見思藏於色相中

假非假　塵沙飄揚在虛空
中是中　無明偶遇日沉西眠

IV

ca　時輪無轉
立夏　南風從南極吹來
凝凍的冰山重回自由自在流水的懷抱
愛好時間的人卻沒空修理古老的時鐘
　　讓它閒置
白牛拉車
雄壯多力
行步平正疾疾如風
至於寶所　在轉眼的剎那間

V

na　種子布因
山谷裡一朵小花
炫染一座雨林生機
花落　何時化成泥
因風吹散為塵
浪跡於虛空
色塵極微細
難見不可分析
鄰於色邊際
無有影像無礙方分
說是虛空而實非虛空

VI

la　垢永不現
十方口舌　蜜藏腹箭
萬弩齊發　　我卻
只觀想到漫天的落華
妙耳門　聞聲救苦
止　觀　返　淨

VII

da　寂靜諦聽
樂師調弦
不緊不鬆聲最美
歌手高吟
有情音最妙
凝定
知足
一雙耳朵愛迎交響
從一幅抽象的圖想
追尋解不開謎題的著力點

VIII

ba　是誰縛你
所有聲音突然都離開
瞬間一股腦兒又回來
8還之見
明還日輪

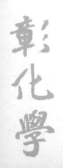

暗還長夜
各還本因
你的心還給誰
自性清淨虛通不動搖
無可還

IX

ḍa　小寒
風挾著雨來回穿梭
傳遞島嶼與島嶼的空氣
畫一幅九九消寒圖
當八十一梅瓣塗紅後
春天就到了
周而復始
無有休息

X

ṣa　無所罣礙
旅店黃昏　客人來來去去
少女美麗的臉頰記憶疊疊重重
逆流10心
過失之心不可隱
上善之心應發露

XI

va　安住別境

渴　杯子承露積香聯繫著活生生的生命力
夢　眞象滲入神話尋找湖的幻想蝶的流連
月兒有願
盛滿銀光照路人
清涼之氣襲衣裳
覺醒的心愉悅
蘘荷敷榮　神澄明

XII

ta　照耀不動
雕石　雕木
雕出石筏渡船
畫山　畫水
畫出伊的心情
十二種抖擻煩惱塵垢的方法
看那小花小草的眞色
聽那蟲鳴鳥叫的妙音
樹下坐　如半舍
月光舞弄翠竹身影

XIII

ya　積聚不增
一粒沙藏一個世界
童子聚沙成塔
竹管接竹管　流水
木頭疊木頭　築橋

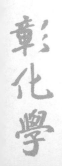

紅瓦覆紅瓦　老屋
初夜後夜
獨處閒居
古色古香
古早味

XIV

ṣṭa　息除熱惱
每天小動作
一張便條紙留言
牽繫飛翔千里外
你貼心的氣味
14無畏
知見漩澓向上
觀聽返入心海
純音無塵

XV

ka　作者是誰
一網點納入無量資訊
少年封閉空間成祕域
鮮嫩的綠　迎風
數枝芽點染空
五月苗薰陣陣抽送
雲朵愛與老天鬧情緒起漣漪
瞬間由白轉黑　淚流下雨

XVI

sa　現前雨窪

憶兒時　在戶外樹峰搭平台

看那天穹蒼星如何主宰大地色彩

翌日光影陰晴

明月都先預知

16觀門入寂靜

晚紅處處留人

XVII

ma　無我所執

虛空是一切物所歸趣處

威儀之路　善巧藝

17部大巴士運載過往的旅人

還有行囊

微妙甚深爬山涉水

不可思議橋接通路

XVIII

ga　不得攀緣

分分秒秒都在思念

環環扣扣記憶相連

十八界惑染迷心色

開色為10界

開心為8界

永不沉沒的島嶼
晶鑽隱藏在岩礦
移動的碉堡永固心城
欲海下　赤子之心在浮沉

XIX

tha　不止處所
雨後澄空
天上星星依然明亮
夜色裡　人們的心卻隨黑暗沉落
老榕樹下那張桌子
泡茶下棋
遠方有人在想念
月亮沿著樹幹升起
良知從貪婪夢境掙脫
不再沉睡

XX

ja　流轉清淨
世界在夢中
一路南行欲何之
拂衣散浮雲
日照古澗
二十重華藏莊嚴世界海
妙高峰上寶網千珠交光

XXI

sva　嚴麗一切
風向上吹
一只風箏向上漩澓
這故事必永遠傳下去
噓　低聲低聲
33是6
33亦9
任人領會
冰山因日光而變成水流

XXII

dha　觀察世界
依他起意
醒來多久
遍處留情
昨晚睡得好嗎？
在生命長河裡
迷失了方向
自設的鵠的
是否尋覓命中

XXIII

śa　隨順人人
念著最後一卷經
無不盡心完美

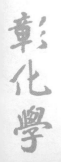

聞聽世音多愁悵
憂鬱笑不出
傳說荒野深處又一村
森山徘徊
月　隨天風所吹來
樹蔭下
草積集
一笠秋雨
崖窟內
奇花異
一院香繫
村人習於常
不知回味

偶遇　入村小歇好滿足

XXIV

kha　因現智藏
夜街角落
霓虹燈在閃爍
上方月亮是那麼地孤獨
沒人指望
路上行人只顧綠燈變幻色彩
卻攔不住內裡心猿隨意奔跑
不得安住

XXV

kṣa　抉擇小歇

夏至　北海道開遍了紫色薰衣草

25圓通

根塵同源

鼻香連氣

清淨周遍

妙用空間無所礙

圓形窗刻劃著古羅盤

諦聽十方錯錯落落的音律

XXVI

sta　摧破煩惱

耳邊不理那東風萬事吹

葉羽片片輕

靈巧好耳力　善聽

有時露宿森林空谷

流泉伴朵兒度過一夜寂靜的假期

XXVII

ña　能所閒了

回顧　落花紅

瓣瓣史蹟旋翼

辛酸往事難追

思念　似秧苗株株

向迎奉獻

原初就勇於品嘗

XXVIII

rtha　逆流返淨
萬象滲透伊底心神
潔白桃花染了塵
幾片閒雲遮眼目
意識牽纏　倚自我催眠
28星宿四方各七
分布安置
曜辰養育蒼生

XXIX

bha　深居好日
希望　願與別人分享
獨愛念頭隨浪花起舞
幽徑尋春去　影深深
云何不許趕月來
行腳是爲了記錄這一代的故事
染心的人爲何向夢裡躲藏

XXX

cha　加行藏欲
一張羅網困住一隻蝴蝶
蝴蝶是自投羅網
在美麗的隱藏下

果如是
外無他
裂碎俗網路路通
塵塵顯影欠什麼
咦　風冷冷從窗入

XXXI

sma　見旋思憶
意念呼喚夏日　一種節奏綿綿
仲夏就從夢裡降臨
斷斷零星的韻律
抽離意念
淚水被太陽收歛
夏日只是熱的火焰
汗珠一把
31色
13顯色現光影
10形色有方圓
　8 表色能屈伸

XXXII

hva　呼召潛能
古河岸邊
原初住民在夜空下
歡慶五穀豐餘
現代人天天生活在夢幻谷裡逆風處

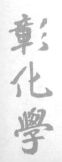

不聞不問　早已忘了誰是衣食父母
32應入
如幻聞薰聞修

XXXIII
tsa　趣入源底
屋中雖常留一盞燈亮
空殼子裡依然烏黑黑
日間所唱皆非內在心聲
伊每夜飛來入夢卻找不到自己
捏住　把手相牽
隱故廬睡到三竿日上
放行　從不沉寂
萬籟聲前不插嘴

XXXIV
gha　大海藏雲
小女孩魚缸的魚不見了
驚訝說
復原的完好如初！
一朵牡丹在車內水瓶綻放
車外移動的碧岩長滿紫色小花
34心願除見思習氣
八忍八智九無礙九解脫

XXXV

ṭha　願往親見
車高速飛馳
隧道裡燈炫轉
越位　流浪在與古代相連的景象
車內時針指向九點十五分
駛過綠油油一片片
路邊不知名的小白花飄落飛舞
池上塘鴨在趕水流轉
田中玉黍早已成熟
香甜可口

XXXVI

ṇa　無往無來
筏在海面玩
鳥在空中浮
鳳凰花開燦爛的紅
簷角伸迎夏日的風
幾片白雲欲遠行
三聲清磬喚暫停
雨過天青
晨間野百合露凝香
風來吹涼
黃昏欖仁樹衣沐薰

XXXVII

pha　果實成熟

一片葉子　蟲吃出三個洞

一抹夕照　影投射三圓相

一陣雨下　三千水滴凝光纖

天地有情傳來雨季將臨

宇宙在運轉

日月入洪流

一隻蜻蜓輕觸光陰岸上

蝴蝶從歲月閃過

伊底心微微有所感應

大河的風光

足　步步渡河向前行

任那魚兒水中遊

心　念念妙思尋夢去

任那星星夜裡晃

伊底心微微有所感應

云何每天日子都錯過

37道品

種子分門別類通徑中徑

XXXVIII

ska　照徹洞見

過去流水歲月

未來長河光陰

現今落謝底良知
皆出於自願的力量
好的田地易種
果實纍纍豐收
一眞一切眞
豈是虛擬幻境
滿足過橋來
調御　知止破顛倒

XXXIX

ysa　請說眞象
頂樓　窄
放縱眼目　寬
旅亭疊疊
樹森森排列
大海如鏡平平
一艘船航過
有鯨驚醒

XL

śca　虛空足跡
忘憂草從露珠照見
世界相互依存的祕密
魚　捺不住閒
不停遊走
伊的眼神在演戲

誠摯認眞

XLI

ṭa 究竟增益
騎著登山自行車
　　　路過古農莊
發現夢中同樣的景象
昨日的伊還在這裡
今天卻已遠走
時光巨石在挪移

XLII

ḍha ha 別藏處所
一陣強風
吹落一片葉子
運載一隻毛毛蟲
嚇著幾隻螞蟻
一隻蜘蛛
織就一張網
夜行露 水點點凝晶光
蝴蝶欲掬
落網中
一隻小鳥飛來
爪鉤破網
蝴蝶放走
夢裡不回頭

四十二字母古老奇景

凝神靜思

形與聲移相近

跡草草　互增益

因字有語　一種神色千言萬語

琴弦來插曲

美聲無可比擬　不堪聽

因語有名呼其名

小蟲有聞不知音

盛景古寺

風雨千年已不知名

因名有義衝突雲集

改變人本性靈旨趣

云何還欲尋覓第一義諦

——選自《愚溪詩集Ⅲ · 樂在有情》

註：

· 〈孕荷〉Ⅰ——XLII，為四十二首貫連一體的詩組，映寫宇宙曠古累劫最原初的四十二種微妙基因，源自《華嚴經》所載「42字母」。

· 初夜：古印度曆法，一晝夜分六時——晝分晨朝、日中、日沒；夜分初、中、後夜。初夜約今之午後八時。

· 後夜：夜之後分。近於日出之時，約晨四時。

2.七種想念

α · 少女

夏日海洋季風掀巨浪
思念如潮湧　沒一刻放鬆
草原微波釋放薰香
陣陣漩澓　返回自己出生的處女地

β · 閣樓

這幀照片伊人拋出懷中頑石
另張照片那人被頑石撞了頭
照片裡一輪紅日有時在門後
有時露窗口

γ · 天空

紅檜扁柏愛依止的棲蘭
若木參差剪影
六月紫葉槭林的太平山浴日羅光漾艷紅

δ · 星斗

麥芽糖　兒時甜蜜的味道猶存舌頭
南風相伴流泉　心裡屋透亮無涯
小憩　靈光來過夢中小徑曲速遊走
剎那間已迢迢千里路　未知
平躺的山峰有棵天中意樹

淡淡螺旋白雲與疏疏渦輪的黑雲交互吵個不休

ε・微風

小滿　梅雨降在金沙田
稻麥吐穗　知了叫聲鳴豐收

ζ・霞光

純眞世界　眼前幢幢綠意簾幕圍籬藍色的海
突然兩片紅雲從中示現

η・日出

白天12小時　夜晚12小時
終日與他廝守
卻從沒須臾離開自我　窗口

　　　　　　　——選自《愚溪詩集Ⅸ・白馬入蘆花》

註：若木即是古神木。

3.無題48+1

1·心

夜天晶露附草木
瞬間　打通老樹八萬四千竅門
朝霞柔軟如兜羅
　千朵萬朵
雲天雨落
風起　引來箜篌聲聲·

2·虛

伊點燭　客入夢
主人醒來拍手笑呵呵
互換　千差萬錯
過去已過去　影像疊成小山丘
未來猶未來　虛擬碧澗就不知名的那端奔流

3·月

一指　指向天上月
月兒串串就水央穿破群山峰巔
太虛閃電
磐陀石　光燦燦
一方靈泉湧出蒼溟

4 · 雨

誰能分別夢裡夢外哪個自己親
因意氣立個我　轉身落凡情
接竹點星不可得
月下旅人歲蹉跎

5 · 門

古神木上蟲兒攀枝附葉
　鳥兒隨處踮腳尖踏舞
　　落葉飛空中
樹下　伊人低頭與那畔有株綠色小草訴衷

6 · 味

有人愛笑　有人不愛笑
曇花於夜間羞答答開
好睡的蓮花卻在白日裡綻放
一曲千蟬唱
音聲韻律皆不同
123　321　1234567
Ṣa Ṣa Ṣa　咚　Ṣa Ṣa Ṣa　咚　Ṣa Ṣa Ṣa Ṣa Ṣa Ṣa Ṣa　咚

7 · 覺

吃飯了　洗碗去
開闊口朝下是鐘
嘟小嘴向上是甕
石頭路　腳趾石上滾輪

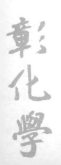
彰化學

頂上樹　手指頂端搧葉招搖風

8・實

一雙眼睛如閃電流星
東南西北中四處搜尋
掠過斑斕景象卻失落了真相
那畔鳳凰木垂下千幢紅　初夏
浪花與白雲同時映現東海山脈

9・地

現前觸境總不通
戀物認色聲
煩心常駐愁城裡
古鏡面　積塵埃
兩張箜篌飛躍萬里雲空來到者方歌劇殿堂獻唱

10・真

茶香四溢由喉內出
猶說沒沾唇
老樟樹頂有鳥築五巢
一對綠繡眼滿山跑
采集　求得將來無憂

11・藏

說　溪中水淺不能泊竹筏
又說　海深竹筏不適合遠行

是誰在訛伊
云何只會學鸚鵡說話
不知所云
碧綠澗水靈滔滔

12 · 會

那一天　主人公被客人瞞
住在自家屋裡卻還被客人收房租
影子手不施工　提不起布
放不下剪刀　作石頭勢卻敲不破蛋殼

13 · 極

晨鐘接暮鼓　從朝曦等待著黃昏
暮鼓迎晨鐘　萬顆星子伴至天明
夢非夢　只因神性靈通
誰能奈何伊
剎那遊空萬里
出入往返不留蹤

14 · 源

頭頂草鞋不是顛倒夢想
一雙赤腳終日踩在性天上
妙轉少年　痴愛浸潤有情
指令放行
煩惱包裹無明總因欲償他債

15 · 體

門外有山　山入門來
夏至・日照影長
山裡有門　門出山外
月夜下
寄宿是非海裡依蟬鳴
枯木問石頭：煩惱何相貌？
石頭說：猶如以泥洗垢！

16 · 偈

無邊世界　地久天長
摘玉蜀黍雙腳總繫著泥土
彩虹七色　眼裡絕妙
採來甘藷葉鑊湯中汆一遍
耳往尋聲　萬籟寂寂迴心
聲來耳畔　音聞惺惺轉意

17 · 言

牧童按著牛頭吃草
水牯牛聲聲嘆說：早已吃飽
原以為牛兒辜負牧童
卻是牧童辜負了牛
綠色的鳥穿梭綠色走廊
紅色的蝶停格紅色花朵

18 · 語

蚌蛤含珠不開口
有客依隨船師渡湍流
浪掀翻　急
不禁唇開兩片和光吐露
正傷神——
驚悟　來說是非者便是是非人
已闔不了口

19 · 名
不知　乃因昔日智慧光明的記憶早已失落
依江畔枕臥青石聽流水悠悠
知　原受惑於今日擬思分別時會錯意
黑雲伴閃電　擊鼓當雷鳴

20 · 字
一雙破鞋云何脫不掉
腳趾何日方能親吻泥土
一片舌攪翻了整座香水海
口口聲聲　念念遷謝
新新不住卻收藏那世間相常住

21 · 義
遠遊他鄉　一雙視覺觀景窗
飛來兩隻蝴蝶簾前徘徊
因忙沒空寫家書寄返
眨眼已星染雙鬢

沙岸有隻白鶴伸起右腳獨立昂然
故鄉母親思憶遊子　教伊怎心安

22・晉

遍處留心印
有佛亙古至今
　　　從不得妙印
只因伊不認得兄弟至親
白晝一場雨鋪成千方池塘
月色大地映現千輪亮圓圓

23・相

相逢　脈脈含情不語
相喚　忘了最初發意
過去曾是日月燈明
現今塵密無處插足
光　湖上寫生
雨　水上鼓漚
雲　天空畫圖
風　太虛遊走
汗流淚泣
只因追尋不到一株荔枝樹
偶抬頭　卻見千串萬串紅荔果
密在我處

24 · 性

口喃喃　隨意問路往前走
兩岸天風夾送百花香
老樹在黃昏抽出一抹長影
大鵬乘夕晚飛向九天
不小心掉了一根羽毛　桴海

25 · 因

一位主人翁
一個塵中客
夢裡還有第三者
那位閉口緘默
這個開口捏事
夢中尊駕開口閉口都怪怪的
清露愛宿荷花舟
蟬兒依棲綠蒼木
好動的是石頭迎風
不動的是落葉舞空

26 · 如

捲起竹簾又放下
一道光來又遮掩
清風密密拂眉梢
雲色輕輕染太虛
有情橫身枕上　一點靈明哪兒藏
流轉　睡眠中是何方神明在遊蕩

27·行

說滄海　即非桑田
是名貝殼
旅人從何方泊宿這兒
夜央客夢
心事盡情吐露
如今　外方有一頭水牯牛
萬里無寸草
不知何處可安居

28·空

月色深深欲返家
點燭照路卻被風吹熄
原因火種不堅實
豎起扁擔當手杖　探路行

29·生

過去有風吹幡動
未來立幡迎風搖
現在——
日頭炎炎無幡也無風
伊心當下云何隨客塵思動欲搖
近鄉青山障蔽迷雲
　　　綠水聚集霧蹤　情切切

30 · 來

溪流有聲咕嚕嚕
牛兒喝水
山峰翠色出現流動的影跡
一雙鷹眼在空中窺視
時光逆流
寒食到冬至一百零五日
光明火種甕裡藏靈蹤　榴花紅

31 · 師

迷雲覆山陵　日影現樹蔭
山舍童子清晨掃石階
偶抬頭　兩眼打翻上方密因經卷一軸
靈動的天書　大鵬在虛空飛行寫字母
峭壁懸崖孤鳥愛築巢
竟日親見百花滾浪
新鮮一色無可隱藏

32 · 子

一路走來又向前三五步
回顧　行腳步步印出
向上方攻頂落在無盡處
勘過　前面後邊不知何方是開頭
朝霞撲破虛空
黑夜閃電迅速縫合蒼穹
菩薩一片深心幾人知

有鶴妙峰頂盤旋

33・念
野叟唱歌天地聽
樵夫舞藝星燦明
三分話說給伊人聞
兩棵欖仁樹小滿日
三千幢碧綠
八百隻蟲兒
八千個洞穴
周匝八隻鳥巡弋搜尋
看　伊心全託付了人情

34・根
羞怯　開不了口
知音　深深報以微笑
一顆靈心
一個神明
一座空間刹旋
神祕晴空赤裸裸正色
夢想　大山借天光薰染千彩
希望　竹架上葡萄成熟後
自動脫落入架下橡木酒桶

35・機
出殼　一身無褂衣

纖毫不沾塵
入殼　藏光
雲月溪山盡在伊底眼神
花在思索：
今夏的果將怎麼結？
從日落到日出
少年玩了一整夜營火
果在祈願：
雲成瀑　霧成谷
將回憶的傷感與昔日底美麗
那心心念念的水晶珠全還諸天地

36·色

兩隻腳一前一後踢開落葉尋路走
夢裡口中說的都不是眞實語
雙手左右摑虛空　引來風滿裰
一切蒼生曾作過相同的夢
生生世世傳遞基因複製一個個夢中人
忽從老森林的亙古菩提樹下醒來
　　卻不見伊人回家

37·指

仲夏夜　門庭前一棵老梧桐
傾聽南風迂迴吹來西方密意
親切卻無人了知彼岸眞諦
是誰縱容犀利的感性沁入伊心底靈明

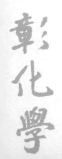

一只天平　秤不出蟲與鳥誰多情
嗔怒的火焰來自智與識的不公平
一方慈悲　常因愛的牽纏落入無明
靈悟只在朗朗天心中綻放神明

38・髮

灑灑脫脫
　　　　卻留個尾巴帶不走
零零落落
　　總因欲成就一個將感情冷藏的我
夜　把天地所有現象吞沒後
綠色森林悄然消隱墨色中

39・毫

嘴含菓　口一開便掉落
問伊　吃了沒？

水流急　大日依然來臨
遍照河底粒粒金沙
大房子裡藏著無盡小祕密
女孩從海報上的拼貼夢想到未來
顛倒因子　白馬王子踩著群巔樹峰回家

40・毛

從百丈重關跳出格外
絲瓜棚籬攔不住一朵小白花向行雲會心展顏

有片葉子落謝
偶遇一陣風吹起
升空　高掛在樹峰的蜘蛛網
永恆　直到枯葉成煙冥冥

41 · 氣

十萬哩航海一孤舟
不安的心是繫念原鄉母親
2001閏四月初一
中心門庭菩提樹布滿了鮮芽
十幾年來這次最新
一對綠繡眼跑來枝頭跳躍與東海岸畔納風亭相互
呼應

42 · 瞬

流浪歸來最先洗足
還至本處轉意回心
天外天　還有千般人出不來
從地湧出的卻一個比一個精彩
有條蟲喜孜孜地躲在葉子背後
瞬間一陣風掀翻
有隻鳥眼尖順口叼走

43 · 默

觸目不著眞境
那堪多情

背離大路的車子今往何處行駛
低聲　話不要說出口
谷內迴音可遠傳千里之外　　露蹤

44・時

伊有頂斗笠
我再送伊一頂斗笠
伊沒鞋穿
我再奪走伊那雙鞋
凡伊所有一切盡在我掌中

夜深　心神悄悄從古殿出遊
時間駐足夢的那畔乘月泛舟
說過去早已過去
即非未來本就還未來
是名現在　當下認得眞即是現在

45・路

心裡有個他卻不知是誰？
問別人不曉　問自己也不相識
忽然　有天夜裡靈犀一動
彎弓作勢欲射月
卻不小心一箭射中伊
害他心裡疼了好幾回
至今猶常憶起昔日心痛事　　蹉跎

46 · 塵

翻身跳滾顛天倒地
進步反而落後
嚕嚕嚕　是誰打呼？
百尺竿頭節節失眞
退步原是向前走
天涯海角闊闊映現無邊莊嚴

47 · 漚

猜猜青石枕上臥眠者何人
是誰的心在夢海飄浮徘徊
鏡頭裡世界
舞台上的伊
終日于夜之聲色中遊蕩
卻還叫屈

老古樹看著湖的過去
雲·海·月光都曾來過
　　　想著湖的未來
朝霧·日羽皆自飛來
有時水　有時冰
只因冬與春在換季
是亮綠或黑漆還原著日夜交替

48 · 花

童子拿起竹枝在沙上畫個圓

請客人往裡站
且問：眼前無路怎通天？
過客突然打開窗子揚塵
瞬間方圓無障礙
處處放行
好去　十方路頭皆分明

48＋1．燈
候車椅上有對母女在探討下一站目的地
旅人竟日徘徊不知往甚麼處去
過客眼眸恆追聲色流落　怎透脫
流浪者明知見性最美
卻不知何方能覓得真理依歸

一個暴風雨夜
金絲雀迷蹤
跌入煙霧瀰漫的森羅幽谷
天地漆黑如墨
只有偶然的閃電
稍縱即失的亮光彷彿依棲夢中
上方綻露微芒卻不見光明
霧濃封閉九重又九重
縱身上飛　未到半山已昏冥
遙遙穹蒼依然一片混沌

久居深淵漸習為安

方外世界隨忘卻的記憶消散
看那春暖花開宛如自得一片天
安逸濛濛不通透的螢光下　蒼茫
忽然颶風吹走霧千重
地雷引來天火　驚窹
剎那振翅衝向不知的未來
循著螺旋九曲的黑洞勘過
眼簾現出一片光明的天外天
孤迴迴　原來黑洞盡處是光明的出口
當下遍處奇花異果正凝新露

頓時　枝頭金絲雀被十方蟬鳴喚醒
那一曲　知音

　　　　　　　——選自《愚溪詩集Ⅸ·白馬入蘆花》

【輯三】
長卷軸詩選輯

1.夢在九次元狂想與月光默劇

台上二三人　台下八九萬人
一場夢幻劇爲伊舞動半世紀
東風得意地對小草說：
　　是我在驚蟄日拉拔你出頭天！
百花回憶去年雨季：
　　漫山落英和泥鋪成紅色江河大地……
古亭簷前　雨嘀咕咕串成幕幕水簾
天風調柔扶疏的枝葉搖搖擺擺
沙岸　彈塗魚快樂地蹦蹦跳跳
你卻將時間如豆腐般切割一塊塊廉價出賣
別墅一幢　落地窗外可還留有昨夜月色痕跡？
什麼是問號？煩惱云何莫名無端
焦慮欲點燃那座未爆的火山
　　　水乳交融混沌又邋遢
閃電　猶如柴燚劃過冷冷的夜空
少年馳騁虛擬的公路上
　　以超極速快感炫耀一雙抖動的手掌
春風百花最愛捉迷藏
無花果喜從殘甕破瓦的砂礫堆中勝出
月昇　旅人依然在千年古城
　　　探尋一則寶藏失落的老舊故事

夜間航行　太平洋銀河星空亮晶晶

伊人云何天天同一框框裡弄泥灣
昔日文字美學與語言艷麗逐漸消失
冰冷的數位猶獨立寒涼冬季
誰能控制情緒流量透過九次元的溝通　將
　一幅暖暖山水畫高掛熱血般的仲夏夜空
但見空曠處妙音已無樑可繞
卻在寂靜中　孕育
　那部誘人入顛倒的狂想曲把玩整季春天
勾一輪圓相再拉一條水平線
　　輸入一道最初的日光
猜一猜那是什麼？
一棟古老破舊的宅院　依
　月光巡視石牆上的原鄉壁畫

當下大師在今日前夕裡
敷坐疇昔佛陀的菩提樹座
數片葉隨天女散落
眼眸淚濕　只因沒勘過
悲憫是為了亙古的悟性久埋礦中
至今動金斧也勘不破
感動卻失去了體
相也隨即不見了
剩下底只能發生些微的功用
看那把靈明的劍透過一心控引
　　從鞘中遞出還入……

螺旋式的妙思在妄想的磁浮列車上運算
古早的無盡藏　覆掩
　　漫天冰雪所綿延八百里的銀色界
我曾對你訴說一個小淘氣的真實故事
那時越野車疾馳得比風還快
天宇下　樓幢千千萬萬匯成無數城市
萬里江山千載河流依然緊貼大地
彎曲流轉向美麗的新世紀

元宵有個燈謎猜一猜——
亙古一間千年暗室未點燈前如何？
　　　　　　　　平生大夢誰先覺。
燈正點亮時如何？遍界明明不覆藏。
燈點後如何？一宿覺來空空無大千。
水瓶座寧靜沐浴在銀河
北辰之星指揮萬蕊璀璨的無塵月光曲
老石壁上　松針已移過十二點座標
　那一封明日的說帖猶未揭
是誰將有情的愛與欲強力植入夢田
忽憂忽喜全由愛任意鬧情緒
欲之念　如湍急瀑流
　　　是奪是獵還是探險？
孩童幻想學小精靈飄飛水泡上曼舞
浮萍喜孜孜向蜻蜓訴說漂泊的行旅
苦同樂　迷與悟
　　　　　　心念瞬間迴轉八千里

美麗莊嚴的寶相
東風吹紅雨從蒼嶺的綠飄落
善巧方便底妙用
小鳥吱吱妙音停格山峰潑墨般的葉幢
淨白無垢的本體啊！
看那七色彩虹透析成光
　　　　疊疊混雜就黑暗
綠毛毛蟲爬翠色的樹
曼麗的蝶于花間散步
春天　日光有腳正中來
向陽的草木先發芽
一片烏雲追東風而來
迎鋒面的花樹先一步受洗禮

賓客來訪如歸家
自己房舍住得最安舒　從今
　　不再當被風雨塵沙戲弄的陌生人
蟬鳴相約今晚樹之頂峰看星星
春天青蛙叫喚著人們　莫讓
　　秋日愁緒逗留在愉悅澄明的花之季
一座大山隱于視覺角落
悶雷吐吐紅舌
風婆婆全身濕透衣
蜻蜓腳趾觸摸那妙善莊嚴底荷葉
　　　　　輕輕晃動
蝴蝶愛看溪澗游魚在心中傻笑

春日使蟄伏大地創造不可思議底情境

天上皓輪圓明不動掛長空
水中月隨流飄送任西東　無橋不通
夢裡月擾忽忽卻善長自我
感動透支那對明眸　遍布魚尾紋
葉子翩翩　蛺蝶飄飄
有株千年老松彎遒九弓
隨風撥絃　微妙音聲傳送遙遠他方
鄉村的花與草正上演著春之戀
時序明入立春2002.2.3
北方遍一切處凝霧淞　白茫茫
漫天雲海開一口藍窗
夜浮出銀幕
白日停格昨兒空間
古農村家家戶戶以朱砂墨染紅龜粿上供春神
故人觸景　千般思緒隨蕩漾心神排山倒海……

曲曲旋轉的徑路
兩畔　列布半月弧形的老茄苳
枝羽葉翼交織蔚爲天幢傘蓋
大地手指輕觸北極星按下希聲的靜音鍵
夜之蒼穹悄悄爲上天公演一齣默劇
寧靜的湖面　群星已點亮千枝蠟燭
我親見魔法的綠葉上凝露
盡是故鄉人流浪的淚珠

出外遊子欲返家
　　如今卻迷了方向……
有雙孤獨的腳踩碎漫山枯葉
誰能從時間的走廊繞過
就觸境的心念剎那迴轉入靈山之巔
　　不再使形為心製造更多鎖鏈困住清明
看那冷冷銀鉤
　掛在合歡山上空　映照白色積雪

　　　　──選自《愚溪詩集XI・東方詩鈔》

2.太陽火種的傳說──花間祕境的古獅城

我夢到原始的古老國度：
動物與人民和平生活在如幻的桃花源
有的彼此好奇　有的互相探索
有的互相輕觸卻總是彼此無傷
眾多的獅子在遊戲　我也是其中之一
老樹鬚髯垂綸十丈
崖間瀑布吐水百尺
洗根滌塵換得一身好清境

茶園主人說　昨夜小格頭起霧
霧封漫延數十里
伸手　一雙眼遮那十指
嶺山萬朵黃菊搖曳千百彩蝶翻飛
漫野白蘆隨風波動
　　　數百沙鷺引頸仰望
2001依古曆　時逢除夕
北宜櫻花幢幢移紅疊疊鑲入綠紗山岫
車行在海拔的高峰原
蘭陽平地列陣眼簾
弧形沙岸漁舟正賦歸
　　銀帆宛轉三千片
蒼翠群山　蔚藍湛海
越野車蘇花公路上輕快飛駛

白雲天空中巧移蓮步
車窗玻璃浮光海印
　　　後照鏡裡掠影森羅
沿路　迤邐的楓葉殷紅透光
清水斷崖隧道聽不見鳥鳴
昏黃燈光猶如馳向世外的金色長廊
旋出拱門　兩岸老松
　　株株向內彎弓成庇蔭清涼的傘蓋
歸心追逐于幻象
夢在意識之洋流轉
雲霄蒼鷹俯視海中魚兒遊戲
遠方傳來濃稠鄉音
　　遙控遊子黏黏不能忘情的思念
幻想潛入美麗的原鄉世界
天地脈動與我共鳴
鳥語伴花香舞來春風
時序2002正月初一凌晨一分
繞佛七匝　忽聞
　　　　水聲潺潺說個不停
但見遍界剎海香光莊嚴無與倫比

雨滴有聲　落葉無語
鸚鵡螺藏身隱密
伊人足下凝香唯因昔日踩春泥
　　一世情懷只為圓奇妙一夢
口口聲聲　無所求卻無所不求

無相　猶如橘色閃電
　刹那一亮卻被光明撞見
聽說隨順他人即是給自己善巧方便
小孩愛過大年
大人卻常憶念三千年前那個好年
一棵欖仁舊幹先春忽冒出千朵芽兒
大地正月初一近午11:27傳來6.2級的震動
　虛驚中　歡呼天下太平

微雨　老樹凍結千顆露珠
一陣風吹過　瞬間全送給了泥土
蝴蝶扮成花與葉停格枝頭
溪湛波澄隨流不染垢
長河濤濤牽引念念相尋昨非
色與聲　影與響
業的魔力沁入夢中擾亂靈明心田
　　片羽燭光朵朵爭紅
枝莖分杈五枒　長了一三五七九片
誰能品嘗嫩苗初發的風姿
　　　在立春的季節裡
虛擬的動畫　天地的歌聲
　移開迷惑的視窗
有條林蔭小徑直通花間祕境
太陽火種說：
待桑椹成熟時，別記裡的紅嘴黑鵯就會回來！

　　　　　　——選自《愚溪詩集XI‧東方詩鈔》

3.超新星──熟脫的菓子撞鼻頭

挑燈夜戰連三天
秋分金鼓敲得230響
參天古檜凌空踏雲
少俠路見不平，招來一枝吹毛飛劍
剃伊兩片白眉雪。
亭主開兩扇門迎一張嘴來信口開河
旅人橄欖樹下小歇，夢之雙翼正浮翔
　　卻遇熟脫的菓子撞鼻頭
──鎩羽而回！

一池清水被狂風沙攪濁
惟祈願將天上那輪明月還給我
有扇方便門已封印，
幾千年無情漢從來開不啓
一番眞實語諸佛早說盡，
　　　　　　有情人卻聽不進
那畔古道一條路萬種風華
三世一切所有過客都曾于此漫步

滂沱大雨下在別峰的集水區
　　　夢想，從高崖落向深深海底
瞬間又漩渡高高山頂看日出
山寺傳來晨鐘108響

　　緩緩揭開黎明的面紗，
兔子懷胎　推敲胎裡幾何寶寶的觸覺

獨駕孤舟，終日於月宮乳海中走唱
風玩波　時而鬧時而靜
……有時雙目盯著燈塔找眼睛
　　　　領航人隱身暗夜裡疾行
微雨下，先探出頭的早荷正叱咤綻放
靈與悟的聚合分離，全依
三心二念一雙赤足的運作循環

遊子曾經在夜裡觀星感傷悲泣
只因客居他鄉　心不遑安住
最親近的，還是兒時紫芳苑
　　　那清風下的三椽小茅屋
看戲的拍動手掌震動臺上演員心絃
猶如叮叮噹噹的毛地黃
　　　　串成一色吊鐘掛滿幢
是誰將苦辣構築在遍嘗酸甜的舌根
如今　失落了原味方向盤
　　卻又愛玩掌舵的遊戲？

有疑就問　誰來聽
密移地軸代天巡狩，數那七寶行樹
貪欲的螳螂囚禁了靈知的蟬
早起黃雀解放迷惘的擋車漢

銀河捲星海旋轉天關
流浪的王子，在夜半
　　被一輪彎彎弦弓的月光射中額心
一時若有所悟，高呼：
「無欠無餘，我什麼都有了！」

登峰釘鉤搭索當扶手，不小心
　　　　　　差點兒被葛藤絆倒
一陣無明焚風吹燒
　　　足下連踩三字錯──錯──錯
水霧凝成的淚是葉衣掌心的露
捧不住，是顆顆新生相互推擠
捧住後，又被日光透明羽臂將伊抹去
初夏　橼角有蜂銜泥築巢
屋的椽簷燕子也在建家園

無邊的天被一頂斗笠遮，
無垠的地被一雙鞋踏破，
萬水與千山被二卷密藏乾坤的袖子
　　　拂卻，萬物如此輕薄
頻頻顫動的是蠢蠢的含靈
小小田圳，住了上百億蝌蚪
炭裡火是焰焰霞光底紅
壺中水是滾滾大海的溫
看那白雲朵兒央央駛在天
塵界霧氣瀰漫繞過幾山巔

寒夜抖擻，搖亮滿天星斗
遍界虛空何處生風？
銀河有艘不退風帆隨緣赴感奔向南方
金龜子張開堅韌翅膀展演一段完美飛航
有隻蟬喬裝成標本　入定
　　　　　　　于青蛙居住的池塘那畔
山中老神木突破四季的方格
　　　　　　令宇宙長青，
株株古柏是大地的小金庫
存藏萬物生命最原始的種子

在永恆之光的大海裡
　　　　　千聲萬色隨妄想虛浮
兩雙耳目於顛倒的世界追尋靈知
威音寶殿中，十九棵擎天龍柏
日日伸手招呼那漂泊雲朵
殿前七幢絕色蓮花正開敷
不知誰能將昔日留下底
　　　古老神話的團團迷霧　參破

掛在枯枝的金蟬殼今何在？
鳳凰花樹下，雨後
　　　　　　硃砂般印泥鋪疊一大盤
日照本是自家屋裡事，云何不自知
迷封，用一只舊水瓶裝那萬里清風

生命的圖像烙印在如黃金般
　　　　　夕陽返照的古石牆，
鄉間野老愛高歌
地曠人稀　聲聲尋他去……喚不回
小村莊的舞台上演兒童劇
戲裡，少年騎竹馬打仗
月色堆砌層層的變妝
　　燈光在黑與白加料
神奇的故事，有點接近核心；
　　　　　　　忽而又變得很邊緣

有個自由自在的我，藏于一座無形大山
塘上青蛙慫恿樹間夏蟬來到岸邊
點一盞燭光，如何照見五蘊皆空？
雲冉冉　閃電剎那間遍照剎炫
水漫漫　海中漚瞬目飛霧沙穹
南風傳送香郁邀故友乘夜色來相逢
核心依賴邊緣，月暈拉攏雲天
手指觸摸黛綠的欖仁果
脈絡活靈靈泛微波，感動直入我心頭……
撥開煙塵，地火與靈燄應約夜央裡相會
下雨了　泥和水弄濘一雙破草鞋
棚架的苦瓜扮作蓮藕
　　纍纍陵峰滿簇迴瀾成波，
空山有路踽踽獨行　因追憶往事
　而被時光揶揄，踏春不認眞

彰化學

但見夜裡貓頭鷹冷冷搜索
　　　追隨妄想馳騁的未歸人

誰能隨緣赴感十方刹海而不煩憂
七條心絃震動十三級，有所恐怖
念，跌入鬆濛無依無住豆腐般的黑洞
壓力與等待並肩
望大海喝然一聲！聲如雷
　　　　奔去無影
知情，幽默只是自我解嘲
不知情，夜雨寂寂冥冥按摩地心
空有一雙伶俐的眼目，卻
　　天天只看到情塵與落影
捏雪團扔擲浩浩雪原上，應聲
　　　　　　又混成團……
拿起杓子舀水入河，「噗通」一響後
　　　　漫漫一片不見蹤。
只有真如的雙眸方能穿透森羅
照見歷歷分明的萬象

一道黃昏的天邊色　醉染了
　　大地溪與湖，農人追夕日返家門
　　今日的麗天即將落幕
夜遊的神已準備出巡，
「鼕、鼕、鼕」西方金鼓響三通
寶刹中孤磬呼喚上方星宇

銀河伴流星即將在和南勝境演出
靈知的牧童啊，伊有何感應？
今夜　千年暗室裡
老婆婆要用擊石的火花來點燈
亙遠的古厝會長出新蟠桃
聽說紫藤花簇將誕生一對彩鳥
嚶鳴指數，聲破空濛
三千里外有雷電相應；
從此，過南方十萬億恆河沙數
一座黯淡紅色雲系迅閃宇宙的大霹靂

拱手向東方天蠶皇蛾通透的
　　　　　金黃翅翼，翩翩舞春風
月在江河凌波，少年於浪之刃游走
向西方問訊未聞落英捎來回音
大雨前夕，燈下飛蟻四處撲光尋覓
小麻雀扮成夜婆，用一隻尖嘴
　　　　不知是掠奪、還是布施
近前一步，不再拱手不再問候
夏日洛陽千萬朵牡丹
　　一句無聲的嘆息後……盡皆脫落……
獵人藏身鬱鬱的黑森林
終日以偽妝面具十方來回穿梭
　　　　四處搜巡最佳拍檔，披上
　　　　夢想的戲服，共同受邀金字塔頂端競藝
誰來度一切苦厄——看

那萬種情懷都在叫苦！
一色別境，被埋藏于寒穴冰丘裡
亙古的冷空氣奔流至今

——選自《愚溪詩集XIII・西方詩鈔》

4.路——是日大暑，在大地當臥佛

旭日點亮滿天的火霞
者般清晨　伊人正忘形高歌
山中孩子好得意摘鮮果
頑皮的小牧童立足不動
　　　擺動雙手作勢起跳
嚇著天邊那隻長角的鹿
　　　　拔腿狂奔到海之涯……
天際傳來雷鼓通通伴流泉
響亮的木魚　聲聲敲
密雲挾清磬讚歎底跫音
　　　來自天外天　重重複複
迴旋，七天七夜又七遍……
朵朵襟韻遁入威音外
海螺呼喚原鄉赤子的情懷
風　從無央的空界吹襲
　　　只爲那個本眞的我吶喊——

一只淨水瓶不斷透出界外的雨滴聲
一卷亙古的無上甚深微妙經書　在
　　　湛藍的晴空展畫圖
東方，乃綠色繁榮的無量樹峰
西方，是澄明潔白底溪澗流泉
南方，爲紅色艷麗的時間沙漏

北方，誠黑色黑光寂靜永恆的究竟之鄉
入口處　須先默念——
淨身、淨口、淨意
　　　　　　安土地的密語眞言
一炬之火　從幽谷裡燃升
五音聲·演不盡器世間的影事
童子五里長亭外迎歸人
八韻律·數不清有情世界的落塵
路之涯昔日流浪的人跡何在
光中變化色相無數億
　　　地湧千蒼萬翠無量樹峰
祈願是菩薩心給予的安慰
彈指間　震破那座煩惱林的叢山
歸依是以蒼生爲念
諸佛天心映月明，海潮和天風交響

五天銀燭，在上方領唱：
路…露…日出…路…日照…路…日落…路…露…
路…起風…路…降雨…路…露…月出…路…月
光…路…月落…路…露…路…羊車…路…鹿車…
路…牛車…路…大白牛車……路…露…傷心人的
淚珠…路…露…路…快樂童子在鬧戲…路…露…
路…商賈憂鬱…路…露…路…旅人嘆息…路…
露…路…農村慶豐年…路…露…路…客舍黃昏，
遊子探頭…路…露…路…白鷺鷥在牛背上跳舞…
路…露…路…少年美妙的歌聲迴盪天際…路…

露…路…路…路…路……喂…你是誰…喂…他是
誰…喂…我是誰…喂…伊是誰…路…露…路…
唔…不知誰是你…唔…不知誰是他…唔…不知誰
是我…唔…不知誰是伊…路…露…路…阿…你是
他…阿…你是我…阿…你是伊…阿…他是我…
阿…他是伊…阿…我是伊…阿…路……露…路…
阿…伊即是你…阿…伊即是他…阿…伊即是我…
阿…路…露…路…路…路…路……阿…相…阿…
分宇宙萬象…阿…破繭了…阿…我見到了相分…
阿…我的人天之眼見到了自己…阿…見猶離見，
見所不能及的那個自己，寂寂默默的蹲在內裡…
阿…路…露…路…路…路…路……天鼓驚醒…天
鼓驚醒…天鼓驚醒…礁岩當弦，浪濤列陣拉弓，
磅礴的氣勢排山倒海…天鼓驚醒三千大千世界所
有一切恆河沙數的眾生…雷音怖畏…雷音怖畏…
雷音怖畏…無明的火種從業之海點燃，瞬間烈燄
衝天烙印在十方三世，過去、現在、未來…無量
無邊的識海經卷…雷音怖畏，佛種從緣起，一朵
初綻的向日葵接引大日光臨…路…露…路…路…

鼓起舞，
　　舞到落日
　　　　落日賞我一輪金鼓
金鼓示現原鄉伊的臉龐
　　臉龐領我永恆的思念
　　　　　　思念容我寂靜底觀想

觀想儼然未散的靈山
　　　　　靈山之巔・菩提樹下
　　有情人染血的石跡
　　鼓起舞——
舞到漫天磬聲從十面八方淹至
誦念吟哦娑婆古韻自疇昔彈唱
　　　　　　　至今永無盡止
誰能歌一首清淨無塵的月光曲　諷詠
拔一切業障根本得生淨土的時空密語
□□□□□□□

老照片裡有把門鎖　封印
　屋中暗室三千年前的故事
夜裡，迷路的小孩在哭泣
驚弓鳥闖入夢幻的妄想之域
一群流星在黑暗的天宇橫衝直撞
是誰將無量無邊無障礙的靈犀光網
顆顆粒粒染成混濁的塵沙障礙通路
使夢想的空間擠爆
　　　　　　令欲望的城堡壅塞……
少年寫意地舒躺曹溪畔
　　　因夢，擅入迷幻的魔界造業
瞬間　諸神將伊心殿密閉反鎖
　　　　　　使深幽的谷中　今夜那盞
　　淨眼離垢的燈火依然永恆不滅！
蒼山腳下，有座毘琉璃竹園

柔柔光淨的雲嵐浪峰從指尖滑過
大海的琉璃鏡子裡　一群訪客
　正討論如何編序來南方參學的
五十三種劇本。

夜深，旅人遍尋不著落腳處
月光斜射窗口，嬰兒啼聲
　　　　　　增添亙古思鄉的愁緒
一片鐘聲的襟韻，從遠方微芒的
聽濤寺響起　是
上天給旅人的一道謎題
　　　　　　看他如何找到自己——
…路…路…露…路…一朵初綻的向日葵接引大日
光臨，佛種從緣起，雷音怖畏…無量無邊的識海
經卷…過去、現在、未來，瞬間烈燄衝天烙印在
十方三世，無明的火種從業之海點燃…雷音怖
畏…雷音怖畏…雷音怖畏…天鼓驚醒三千大千世
界所有一切恆河沙數的眾生…磅礴的氣勢排山倒
海，浪濤列陣拉弓，礁岩當弦…天鼓驚醒…天鼓
驚醒…天鼓驚醒……路…路…路…路…露…路…
阿…寂寂默默的蹲在內裡，見所不能及的那個自
己，見猶離見…阿…我的人天之眼見到了自己…
阿…我見到了相分…阿…破繭了…阿…分宇宙萬
象…阿…相…阿……路…路…路…路…露…路…
阿…伊即是我…阿…伊即是他…阿…伊即是你…
阿…路…露……路…阿…我是伊…阿…他是伊…

阿⋯他是我⋯阿⋯你是伊⋯阿⋯你是我⋯阿⋯你
是他⋯阿⋯路⋯露⋯路⋯不知誰是伊⋯唔⋯不知
誰是我⋯唔⋯不知誰是他⋯唔⋯不知誰是你⋯
唔⋯路⋯露⋯路⋯伊是誰⋯喂⋯我是誰⋯喂⋯他
是誰⋯喂⋯你是誰⋯喂⋯⋯路⋯路⋯路⋯路⋯
露⋯路⋯少年美妙的歌聲迴盪天際⋯路⋯露⋯
路⋯白鷺鷥在牛背上跳舞⋯路⋯露⋯路⋯遊子探
頭，客舍黃昏⋯路⋯露⋯路⋯農村慶豐年⋯路⋯
露⋯路⋯旅人嘆息⋯路⋯露⋯路⋯商賈憂鬱⋯
路⋯露⋯路⋯快樂童子在鬧戲⋯路⋯露⋯路⋯傷
心人的淚珠⋯露⋯路⋯⋯大白牛車⋯路⋯牛車⋯
路⋯鹿車⋯路⋯羊車⋯路⋯露⋯路⋯月落⋯路⋯
月光⋯路⋯月出⋯露⋯路⋯降雨⋯路⋯起風⋯
路⋯露⋯路⋯日落⋯路⋯日照⋯路⋯日出⋯露⋯
路
墨色底夜天，流浪的王子
　　　　　　獨自困守憂傷的錯覺
乾坤倒轉，弄亂四季的節奏
秋空的金蟬去到春分的夢網中
　　　　　　爭鳴⋯⋯
古老農庄的舊牛棚只有牧童
　　　　　　　　沒了牛，
如幻的鄰虛世界裡看不見影子
　　　　　　　　聽不到聲音
踩在雲端的仙女　散花
　　　　　　卻落入萬丈的紅塵⋯⋯

智者親見十方三世一切所有萬象
都在剎那間示現
　　　于自己純眞清淨光明的本體中

雨珠　如水晶般滴落
　潺潺泉聲從亙古的山外山傳來
色　受　想　行　識的混沌區宇
沒有主軸的核心，只有造業之樹
周邊落謝的枯葉激盪夢魂的漣漪
　　競演妄與幻的顚倒戲碼，
看他白日裡張開雙手作捧天之勢
　夜來那顆流浪不安的心　卻
　　　　　遍尋不著依歸處……
黃昏　古農村炊火放煙幕
十方浮動不穩定的雲層　擺布
　　　　　旅人黑黝黝的情緒
遠方的亭主預知暴風雨將臨
瞬間光陰中閃過紫電青霜
　　飛禽匿藏，走獸絕跡
誰能揮動那把金剛王寶劍　斬斷
　自我綑綁的八萬四千煩惱絲索
即可照見　日光下
伊的身影在大地上當臥佛。

夕幕爛漫的晚霞　嘈雜地
在天邊飆舞，

一輪晚紅沉落寂靜的海底

潰湧宇宙的希聲……牽引

月之光在剎那昇起——

愛歌唱的母親哼著小夜曲，陪伴

　　　胳膀中的嬰兒入好眠

七色彩虹是農村無遮劇院的天幕

童子吹泡泡，顆顆漚珠拂過老人的眼簾

少年穿簑衣戴斗笠奔跑在阡陌小徑

　　　　只因相約雨中去踏青

少女栽種的花園，今年比去年大了兩倍

童子嘟小口，大聲高唱

　　　　紫金寶衣的喜悅之歌

想家的遊子在無垠星空下　獨自

　　　　咀嚼那份思鄉底心酸

形與影，現在的跡是過去底本

　　　都鑲在那張夢想的搖椅

光與陰，隨風波漂入虛幻之海遊蕩

有情人在愛的籮筐裡煎熬

一雙深邃憂鬱的眼神于萬花叢中

　　　　肆意橫流後　輕觸月光

一股暖和灌入八萬四千毛孔

頓時，舌尖向內裡上捲

　　　品嘗輕安的味道……

雙掌運風拂過盛夏的晴空

是日，大暑

　　　　　——選自《愚溪詩集XIV·北方詩鈔》

5.隱在第九紫藤空間的十玄門

觸入我聞──
純淨潔白的念，如月光
　　　　　輕輕拂過柳枝
向上靈明的思路
　　　　　似一輪紅日燃起漫天彩霞
　　　　　啓動大地萬物的無限生機
亙古永恆的相憶
　　　　　本源自天與地
　　　　　　乾和坤
　　　　所釋放的微妙密因……
秋日，農夫放火燒稻禾
灰燼混融爲泥，增益土壤的肥沃
黃昏　晚紅欲降
　　　順手將群山邊緣鑲上金黃的蕾絲路
密林是所有一切飛禽走獸的育嬰房
洞天是夜之蝙蝠的哺乳室
流星是從威音劫外漂泊而來底孤獨旅行者
葉子不小心，就會因追風
　　　　　成爲逃家的小孩！
兒童問大人：
「我的卡通在哪裡？」
小女孩量身裁衣攬鏡自照，嘆口氣說：
「我最怕寂寞的生活！」

少女一片冰心相寫千江水
　　瞬間　一匹白馬從蘆花叢中奔出
秋，已在林間掛滿住宿的小屋
知了餐風飲露，聲聲高唱新禪歌
　　接引如是我聞的知音返聞

天黑了，淨色的耳根欲歇腳去
快如閃電的目光，剎那掠奪瀲灩的麗景
　　一念不覺，只因追獵者心性猶野
靈知將那幢護網的圓頂托蓋升上湛天
定水築成七道防波牆
　　阻止來自第六度空間的妄想，
一種磁石引針的吸力
　　打開不可思議的十玄門，
愛智少年常在古老圖書館找尋靈感
從舊王城籬走到現代的新殿堂
　　　牧童騎著相忘的牛兒在兜風
列陣的白鷺于霧茫茫的蘆葦間迎金鼓
山林中老婆婆在整座秋季裡編織毛衣
種花的主人為覆藏夢想，昏睡至今已三千年
金色太陽般的向日葵，內裡蕊心
　　　是粒粒黑色的種子燈燄，
黑色波光在蠟染的鋼琴鍵上顫抖
　　　　鷹的一雙倒勾爪浮現
　　　　使那靈鹿受驚！
看　行腳僧在白雲上遊

花兒設席於流水中擺綽
少年徜徉妙湛溪裡戲水……

記憶與想念交錯；
兔子在田埂奔跑，老牛於古松畔睡大覺
童子問：「今日山外的海怎麼變近了？」
樵夫說：「是晴天縮距了海中的山。」
少女正期待雨後的天空會現出虹彩
華麗的新橋，披上美麗的蝶衣笑嘻嘻
舊橋在那畔嘆息……不知何時
　　　　　　橋身長滿了陌生的新綠
千江秋水送走片片的紅葉
銀河涯岸一輪古月駕筋斗雲遊走妙峰頂
碧海星群惹火了數字之神的中樞神經
曠劫來，星空劇場的戲碼永遠數不清
　　　　零零碎碎……跌跌落落
千萬億顆不遑安住隨波逐流的泡沫，被
　　　　　　一抹輕安的微笑吞卻

頑童腦海的幾何圖像，猶如
　　　　　變形蟲般干擾自律神經
怕黑的小孩在黶黶墨色包圍中，顫抖身軀
　　　　　與夜天的蝙蝠交感互應
新月的秋空，雷電向上打擊
　　　藍色噴流與紅色精靈交替排舞
　　　　　最後由北斗七星拉弓壓軸

天光欲露，色與空在鄰虛世界裡打結
　　　　螢火蟲和蝴蝶被光陰鎖扣
宇宙無垠的空間有座無形的迴向門　是
　　　　有情世間主·夢的自由出入口
蜘蛛與大黃蜂的網和巢被卷軸
　　　云何將片片斑斑的散頁重新裝訂成冊
到處傳說，達摩的那雙眼皮落地後
　　　　　頓時化成千山的茶樹
是誰又在潛意識裡
　　　　拓印兒時的故事──

夢中　亙古的風帆從天外飛來
主人宴客忘了買鮮花
　　　不知今夜賓客的唇角將如何微笑
那天，有鳥銜花飛來
　　　　一隻朝天鼻卻愛在五濁中染色
白色風帆印寫朱紅底落日
　　　　過了一天，天地換了一幕
老宅深井藏鶴，一飛沖天
　　　　少年夜夜都作著首輪的夢
聽說　亙古有條祕密的天河今潰堤
天象這個故事，不能說無也不能說有
英仙座的流星雨在飛奔中變身
晴空中的對流雲　于
　　　雨聲的曲韻間，由天雷敲下定音鼓
陽光受到老神木的感召，乘著彩虹來報到

坦坦蕩蕩　一只布袋收藏一輪明月之光
　　一曲彩調，十方走唱
脆弱的人背叛了自己的信心
狂歡派對，一雙滴溜溜的眼睛閃動愛底光芒
西風踩著曼妙的舞步將紅葉片片摘落
戲，越過邏輯的演繹
　　　演員的嘴臉扮成憂喜兩面
茫茫宇宙有種增上緣　呼喚——
太陽每日都從漆夜裡出航，趕在討海人解錨前

浪漫的人，總是忘了與時間打招呼
匆忙的人，看不到蘑菇的成長
光陰齒輪在微密的時輪金剛裡旋轉
有隻白狐奔跑在皚皚雪地
弧形底海，圓形的天
　　　　三點密藏形成妙高峰頂尖的巔
　　冰原的幅翼恆存原生物種的新元素
夢裡有位小天使常引宿醉的人，來到
　　　　　　　　銀河星群中的流域
　　　峻嶺峭壁間　古厝淨爐香郁
　　　　沉沉訴說著宇宙諸大山的故事；
在真我的那方疆域裡，
滄海桑田，只不過是昔日故友吃剩下的
　　　　　　　　　　　一盤臭豆腐渣。
誰能運用方程式推算出神奇的數字密碼
打開隱藏于布滿紫藤花間的第九空間·十玄門

看那新生的嬰兒在母親懷裡受到百般呵護
　　噓　噓　噓，禁語
看那上方漩濩的螺旋雲中，有個坑洞
　　　將所有一切無量時間如無盡底沙漏在倒流
嗡……嗡嗡……
母憶子，輕輕拍掌擊空
隆──隆隆──
音聲隨天風運送，沁入
　　　　　　秋分的晚紅

天涯遊子漂泊流浪不安的心
　　　　　懸掛于茫茫的萬里霧中
老古厝來了新鄰居
　　聽說是從千里化外所遷移
老把戲又有了新玩意
微妙密因總是依循成─住─壞─空
　　　　輪迴不息的不可思議因緣力
還有誰記得那年冬季
有情的廣大靈感在愛染語裡的風情亂竄
夜宴　燈斗笠·褐布襪
　　千人肩挑那萬擔竹簍
神，無所不能
　　聽秋聲依透明的蟬翼振動旋律
靈，無所不在
　　天地巨幅長卷隨金色的西風
　　　　　舞出幕幕無盡的光明圖

有條銀渠通往太虛的境地　于
　　　靜謐的月夜裡
　　　　　千萬盞祈願的燈流轉漂浮
說故事的人　在星空下升起熊熊火焰
今晚，將從古早的過去講到遙遠的未來
　　　直到天邊雲海遍染紅色的霞彩……
昂首　天光已露餡
七重棋布的樹峰，從遙遠的
　　　山巔排列舒展到眼簾
曙，守候在桃花林的背後諦觀真實相
　　　　昨天的昨天──過去心
　　在識海之央激起一念波動，將記憶越推越遠
明天的明天──未來心
　　藉夢想通過覺與幻的介面卡‧登入
　　　　　　虛擬三度空間的真實世界遨遊
　　　今天的今天──現在心
當下啟動一個符號織就一張網，
　　　　　解開一組密碼還原一種基因。
老農喜在無遮的戲棚演藝
大人愛于有框的舞台裡打滾
山中的古神木拾得一只風箏
　　　傾聽　是過客沉重的腳步聲
看伊兩眼瞪瞪發愣
　　沿路唸歌走唱至旋律一再重複
重重無盡的宇宙萬物鎖碼，藏在
　　　汪洋沖融百千萬億那由他的呼吸間

老樹年輪斑斑皺紋，是華藏世界無上的智慧

荒涼原野　總現身于漫漫的無明草叢

群山偏愛環抱大海

天上那輪明月，夜夜任由不退風帆搭載

冥冥的巨鷹　在

　　　　漆黑的森林裡狩獵不成，化作野狼咆哮

小女孩夢中那雙無辜的眼神正祈求遠離恐怖

千絲萬縷的心緒，追逐一孤單的旅人

有情廣大靈感的心念，畫伏夜出

　　　　　　　　　愛在月光下起舞──

　　　　剎那間　卷軸周遍含容的太虛空

討海人用十萬個夢想守候一輪金色的落日

過客累了，在寧靜的老樹下沉睡

錯錯落落的幻象空間

　　　　重重疊疊的影像域場流轉過三千年

秋季　逆向的西北風

　　　漩澓激昂的紅葉于空中遨遊

是誰又在刺激南方工畫師視覺神經

　　　　　　　　的末梢□□□□□□□

　　　　　　──選自《愚溪詩集ⅩⅤ・中方詩鈔》

6.4052落地窗口・之一　VAL D'ANNIVLERS安尼維爾旅人

安尼維爾山谷
深秋　森羅影像沉澱於深淵
追尋25年前故友昔日踩過的路徑
　　來到遍處是石彫遺跡的古農莊
是你在幽冷的寒室點亮那盞燈火相迎
還說法法都由我做主
我說　放行的千鶴于雲間追日
　　事事皆隨他去遊歷……
看那老鐘塔上的文字盤，
元初一念橫跨三千界；
　　　　如今一念化成三千刹那
　　　　　　念念繫住八萬四千種情緒
古房舍的舊牆上刻滿了壁畫——
　　玄玄刀落刃，虛無之外還有虛無
　　冥冥海收波，寂寞之間夾著寂寞
無邊暗室，是誰
　　　　打開微細牖隙
　　　讓宇宙蒼生盡見天下虛空

夜裡，一陣海波浪
　　沙灘所有足印一時化歸無形

山寺傳來鐘聲108響，天地頓然寂爾無聲
日裡，剎那飄鼓的漚珠
　　　猶如世間相常住于劫海洪峰
秋末　最後一片翻飛的枯葉
　　　　　　　隨霜降凝晶
　　　結界於冰封的湖面，
時節追冷冷靈靈的少女峰，轉入多辰
客塵，在夢中的幻境四處縱橫
恆靜玄空的世界，有道真實不虛的十玄門
我拿起鏡頭將萊茵飛瀑全景攝入眼簾——
原礦藏著亙古的舍利：
地‧水‧火‧風‧空‧見‧識
　　　七大因子運行如虛空的大圓鏡智
業識裡存有深心：
日‧月‧金‧木‧水‧火‧土
　　　七大星系流轉無量時空的常寂光中
紛飛的妄念在一炷香雲裡流竄十方三世
誰能收攝一念，入定
　　　　　于三點密藏融通無量劫

凡聖同居的世界，都以紅磚瓦砌構美莊的都城
徜徉于兩湖的水之間，原是木雕之鄉
野村最早的一幕，雞飛上屋頂啼鳴
　　　　那畔的老牛依然在睡覺
落謝將盡的無花果樹對犀鳥說：
「我應供你資糧，你將成為我的播種者。」

山谷小村落　白雲在虛空中隨意示現
　　　任由移形換象，一切本應無所從來
妄想在清淨的念裡一時不覺
　　　　四處攀緣交纏，本應無所從去
方便有餘的世界，一座中古世紀的遮篷橋
　　　　　遮不住歸鄉路上布滿天的彩霞
　　　遼闊莊嚴的山河大地
　　　　　　是攝影行者最愛入鏡的夢境
一部潛伏塵剎中的大經卷
　　　　　　　在幽微之處蟄眠
幼蟲不停地咀嚼著葉片
　　一口接一口……一念襲一念……
禪定是為了蛻變；大雄大力乃為脫繭
點燃——智慧的種子燈燄
即能除去沉重的殼
　　　　化成輕盈的羽衣，
當下　一隻豔麗的七色蝶正吸吮醍醐般的花蜜
瞬間逍遙遊於廣闊無邊的曠野
　　　　愉悅，一聲還續一聲來
現在　輪到頑皮的小孩請出列
搖籃上嬰兒不自覺地將奶嘴握在手掌心
　　　卻又哭吵再要一個奶嘴，殊不知
　　　仁者如何描繪人之初性本善的世界

有人在一座幽森的宅院，
拾得一卷六十九年前未寄出的情書

託付代為尋覓——如今
　　　　　已是九十三歲的老爺爺
常綠樹在雨林裡重重交映
　落葉木于郊外歷歷分明
深秋是荒山最美的季節
夢幻般藍色的冰湖交映
千種妙思萬般麗景遍生
　　　　心輪，卻從不浮塵
實報莊嚴的世界，有座別峰被孤立了三萬年
　　　　　密因在寂滅之鄉逐漸成熟
那顆心有廣大無盡的希求
但，嬰兒的眼睛如何能注視赫赫的日輪
山谷畔懸崖邊，安住著迷人的村落
　凌空搭起的籐橋橫跨於兩岸中
初冬的蝙蝠偽裝成枯葉懸掛孤枝間
　整季冰天不動搖、不生滅
　　　遁入虛無的夢宅，暫且寄住
昔日儲存于威音劫外的寶藏　　在
　　寂靜圓明的時輪金剛中示現

旅店黃昏　過客進入最後一場的排練
木偶高歌，傀儡狂飆舞
那位智者的獵人師正逗弄皮影戲
魔幻城堡的日曆窗口出現了月相盈虧
誰能以神祕的無上咒心力量
　　　　　深入宇宙最浩瀚的曠古網海，搜尋

存藏個人先天業力的基因密碼數位網址；
　　救度愛在煩惱叢林中築窩
　　　　　固守憂鬱城堡的孤獨旅人，
聽說北歐極地，有冰天赤裸無屋簷的角落
大寂滅，將酷寒凍結於零下39°C
只有雪白的光纖和全是鵝毛鋪成的銀色世界
我在格林德瓦的初冬　親見
　　　飄落的雪花覆藏夏季藍色底冰穴
在安尼維爾最受歡迎的行星之路
從古老銀河星象儀的觀景窗窺見天城寶蝶
宇宙中心潛伏著俱生無明的大黑洞
　　　以黑暗物質牽引一顆亙古不滅的恆星
　　　　疾速環繞，隨伊運轉──
昔日故友在一個殊勝的日子
一九七七年九月祕密的三十一日　在此
　　　寫下〈秋晨聞笛〉贈予知音
原是靈感自頂峰的萊茵飛瀑海拔三千公尺傾瀉
深心從不辜負人
有情世界主伴互相依存於微妙底空間
諸上善人有時邀約共同在此聚會
只因老友離開故鄉已太久
我勸伊　落葉須歸根
　　　伊卻笑說家鄉已無熟識的人
迷夢，擎天利刃斷不了水波
　　如今千頭萬緒皆因性顛倒
一鍋煩惱的熱湯隨熾烈的火燄煎熬

輪轉　在外的遊子不要放進來；
　　　　在內的王子切勿釋出去
虛妄客塵的種子動搖空靈底心，罣礙
　　　懸浮于恐怖的夢境

三千列布河畔的水鴨在傾聽
　　　　　　來自天外的那記悶雷
琉森的卡貝爾木橋
橋身掩映一百一十多幅光陰的版畫
橋心有座八角形水塔猶如東海太平洋的納風亭
今日栽下的種子在未來開花
未來的果實還原過去底識種
多如恆河沙數的微塵
　　逢雨化做泥土，
　　遇火煉就成磚瓦，
　　披件七重寶地的外衣可種瓜。
聲的精靈·古老音樂盒的聖城聖科瓦
有位逍遙翁愛將那幽泉漱玉
　　　　　　　　清磬搖空　秋蟬曳緒……
　　清淨無塵的樂音輸入──
　　增益旅人的禪悅，讓伊安住於微妙底境界
中世紀的老舊城區圖恩的沙稻古堡
　　在蒼生的感官激起千尺的浪花
　　于歷史洪流中浮了又沒……出了還沉……
　　那畔　白雲依然笑呵呵
　　者畔　野老仍舊愛高歌

驅車駛入花村莊·維蘇瓦
停在海拔 1570 的格林門茲妙觀察莫阿希冰河
聽說昔日雪原底層攝氏零下六十度
　　　還有奇特的物種在內裡玩冰雕的遊戲
夢　從旅人的眼睛溜過
列車飛速奔馳鄉間曠野
節節車窗的影像于視覺重疊，懸浮在水中央
如虛如幻的西壅城堡展現出
　　　縱然是山崖崩裂、江河枯竭
　伊，依舊無垢離塵昂然獨立于天地間。
以船為家的沙夫豪森
在原初清淨的彼岸　接引
　　　昭昭靈靈的有情人
　　　　　一艘艘慈航從中橫渡……
小提琴的故鄉布里恩茲，恰似晶鑽爍熠
一道道的光和音勘破五濁的惡世——
那條定心的徑路上，
古王宮殿的主城神　令
　　　　念念巡舊的旅人生歡喜心
乳酪之家的格魯耶爾，沉沉靜靜如如
　　　是為一大事因緣而出現於世
今欲界蠢動含靈　情與無情
　　　錯差一念，變化出萬種形
　　　潛意識與超感官正無象限地交錯
是誰在美味的醍醐中，滲入莫名的魔咒
　　　將所有的金沙都染成無明的塵埃

太初之龜 · 亙古之螺
若是知音相見時
按指間　樂蘊奇音海印發光
若是故友重逢
　　　　　應有所感應，相憶伴相惜
流動的車燈從南北方交會錯落
黃昏的雲層疊疊貼近湖泊與溪澗
高山原野，峰與峰間的冰河
　　　　一把阮咸清音琤琤流過……
　　　　湖畔的綠水溢過路邊……
霜降的瑞士　遍處是牛糞施肥的野味
　　　　原是預約來春耕種的豐年
金秋泛黃的山林分列少女峰兩旁
我的落地窗口鎖住4052房
茵特萊肯晨間的迷霧封印山之峰頂
潔白冰山是生發幻滅的生之原溪
湛藍湖水是內裡最初心靈的悸動
天中　朗朗晴空任由航機揮毫——
　　　　畫下十字縱橫 · 一眞不立的間錯雲嵐彩帶
我帶一群人來到深幽的山谷，在天外天留聲

　　　　　　——選自《愚溪詩集ⅩⅤ · 中方詩鈔》

彰化學

7.4052落地窗口·之二　Thuner-see & Brienzer-see
雙湖之間的憶念

穹空　神奇的天之頂
隨航機任意出入，劃下一條條嶄新的徑路
多重複式的數位思考模式在瞬間轉換
最初的字母與原始底母語　是
　　　母親與嬰兒本初的對話　咦咦阿阿……
原鄉紫芳苑的小姑娘
　　在山野蹦蹦跳跳，快樂得像隻小麻雀
靈峰的阿伽陀踩著天女的舞姿
　　觸動空中的琴弦，瞬間與秋聲共鳴
沿途，一籃籃紅、黃、綠、紫
　　　　　　愉悅旅人的眼力
今日微雨濕潤了將謝的葉子
剎那一陣風起，揚起漫山蝴蝶飄墮幽谷
葉子脈脈含情的向露珠說聲對不起
　　　只因辜負了伊底寄託，
喜在雲裡遊的人熱愛山谷
調皮的孩子伸手攪亂秋色的漣漪

路邊　枯乾的玉黍田是為了明春再播墾
埋下的種子將於驚蟄日破土
凱旋者應坦然接受夏季所有日光的歡迎

一道彩虹劃過留白的天際
一條雲帶從南峰飄向北山
小提琴的音符，聲聲落在湖那畔
伸手觸入萊茵飛瀑熱情的胸膛
通過典麗祥和的瑞德邊界
湖口雪白的蘆葦草遍布水面，正於
　　金色時序的霜降秋聲相吻合
　　　　片片瀲艷的枯蝶從老林孤木飛離
陽光　由前方點燃伊底眼睛
　　　　　自後方燒燙伊的一頭捲髮
從側方印證伊偏袒右肩的衣裳

深秋的日光，將所有葉子塗上層層亮光漆
有一枚新脫落的黃葉　恰巧
　　　　　　飄上小女孩的手掌心
旅人目光不小心被秋色絆了一跤
　　　本欲聞中　兩片耳卻因西風而滑倒
在虛空鑽個洞，讓鏡頭伸出來
滿山的紫鑲黃共紅，歷經一夜雨
　　只剩下孤蕭蕭枯條條的枝枝珊瑚樹
　　　　承受西風與北風的陣陣數落，
秋山偶雨　升起了渺渺燃燒葡萄藤的濃煙
沿路　深谷摩崖錯落迷人的村落
栽植無象限的幻想
九千萬年前的古老植物
　　　一時　從策馬特洪峰連續飄降

三頂紅黃藍的飛行傘，順從風的流向
　　　　一部從南方斜角
　一部由北方斜角
最後一部自正上方
　　　　借那好風于雲空中漩復緩緩翩抵
三位少年在新世紀裡，挑戰
　　　　一則美麗新秩序的傳奇——
柔與剛刻劃在指尖裡的太極兩儀
憂和悅輕描淡寫眉間逍遙遊的三千大千世界
霜葉片片離枝翻飛
老樹輕輕嘆息，幾度徘徊
轉眼霜降將盡，立冬後只剩孤擁枯共舞
蕭瑟的湖面泛微波，只因
　　　　雲間千滴雨欲降落……

激情的萊茵飛瀑示現七色彩虹
萬般白馬于黎明前奔回月宮
霧　　爬升滿山坡
旅人一雙眼因時差愛睏眠
明暗切隔色塊
滿目的秋色塗上一層薄薄透影的面膜
夜幕，席捲銀白與澄藍
上方的山外山還有別境
　　　過客偶遇小憩怎堪留情
鄉野小鎮寂靜空明
懸崖曲徑浮掛于萬丈壁仞間

聽說　曠古天地中有一閒人
　　　　寄居宇宙某角落，千百萬人皆不知
　　　　　　只柵欄裡有頭老牛是舊識
看那七百年前的古宅依然佇立七千尺的行樹間
幢幢參天　斜坡腰環叢叢老舍散落
有鷹展翼滑翔，才到半山已不勝力
　　　　　　　　　　下方　幽谷深不見底
　　　　危崖險道濕透鞋子涼了腳底
有位過客在客鄉依然睡大覺，渾然不覺

這是屬於天中天的塵外塵世界
神祕的少女峰，萬年冰河蜿蜒其間
原冰裂穴形成晶鑽般的宮殿　彷彿
　　　遙不可及的觀想在夢幻天堂重現
是誰將此深心打開兩道門
　　一門祈盼寂靜，一門欲願流行
是誰將亙古的雪人放入冰中冷凍
　　　　使少女爲伊付出心痛的代價
巍峨的峰頂是冰與雪的仙鄉
Jungfraujoch乳白的胸膛、銀色的胳膀
　　　吹雪的衣襟桀傲地昂然獨立於蒼冥
尋夢的過客來來往往……重疊沉緬底影像
伊　從那對朝天的鼻孔吐出潔淨的麝香
　　消隕千萬年來百億遊子
　　　　　　　　　呼出散落的五濁之氣
從古至今　恆河沙數人口擁抱不住的少女峰

有位小女孩在一時回眸間
　　　　　　　就把整座山峰帶走
茵特萊肯雙湖的霧氣　是
　　少女峰鼻息噴湧的一幕幕驚喜……
崩裂的冰河使古老的雪水重生
山峰的眼淚濕潤了綠意盎然的色蘊區域
青青草原上牛羊吃草，農夫忙翻土
　　　這是個潔淨之鄉、寂靜之域

每日　朝雲飛駛過我的落地窗口
萬道霞光從懸浮的涯岸登頂
　　　　　流星，自銀色的天際劃過
妙峰裙角下的茵特萊肯顯得淨白無垢
　冰清玉潔　是我選擇入冬前來的目的
圖恩湖與布里恩茲湖，湖面接連路面
似曾相識的印象　加深
　　　　我對兒時鄰虛世界阿迦色的想念
漫天大雪點綴著宇宙化生的夢幻天宮
絕色少女峰的輪廓　是
　　　野性色相伴隨神祕的空冥

安尼維爾山谷
別峰依別峰，有座谿谷臥其中
　　　　雲霧濛覆深幽的麗景
　　　清泉匯積幢幢菊黃的流渠
稜角的瀑布區域舞動炫耀之情

　　　　　燃燒熾烈底心
高山小村莊，觸目是陡峭的屋頂
　　　　　街巷都成滑雪的跑道
聽說這是東方巧聖·魯班
　　　　曾經神遊的墨斗之城，
木彫在此超乎神聖
一座座古老的遮篷橋溯源著歲月的
　　　　　逝去與重生……
阿爾卑斯山，瓊崖懸岸
　　　　　　綻放永恆不朽之花──火絨草
尊貴金黃的蕊焰、高尚潔白的花瓣
　　　　披上一層薄雪
宇宙洪荒時代，大水瀰滿乾坤
　超水位，卻被千江吸入大海
盆地　蒼生的腳先踩
高山　唯有鳥築巢
　　　　大鵬只能駐足別峰境地
皓首的瑞士山群，冰河洪峰遍布林立
我，來到安尼維爾山谷酷寒的頂端·妙高峰
　點了幾杯熱咖啡溫暖一群人的心境
去　上升九連環，環環相扣
　　岩壁間的火絨草在微笑
回　下滑九降坡，坡坡險危
　　懸崖畔的薄雪草在微笑
此時，暮色漸漸貼近眼簾
車輛的迴轉速度正與時間周旋……

我哼著兒時一首小白花的歌回家

銀色冰河　藍色湖泊
　　──如水晶球倒映宇宙底全景
藏身在崎嶇蜿蜒的山崖之巔、懸空之頂
兩萬噸融雪成水，磅礡的氣勢從千丈直落
　　　　屏息，止不住震撼的感動
亙古的冰河化身潺潺的溪澗流泉
七寶行樹列岸布樂伴奏
耕牛與農夫踩踏和諧的舞步，
崖間，斜頂的木屋開一扇天窗
　　　古色古香樸實無邊……
　　　或藍或綠都見不著眉間的愁緒
　　　是紅是黃是紫，幢幢庇蔭700萬子民
安尼維爾旅人以回憶　還原──
　　　山谷，花村莊昔日
　　　遊牧之民隨四季遷移的夢幻故事
遠古的少年持金斧雕石，刻劃
　　　光陰在乾坤大挪移中遺留的事跡
黃昏　我下車逐攝夕陽
另部車窗內，有位小女孩微笑地跟我打招呼

奧祕的湖之妙
迷離的空間充滿奇夢的影像
山裡谷　水運載天上月
　　來到路面橋接湖面的紫芳苑

百草花木凝結霧露……滴滴香醇
寶盒內齒輪傳來神奇的樂音
瓊宮蕊苑響起本性天眞的兒時祕密心聲
旅人祈求天邊那道彩虹
　　　　穿越銀河星辰繫住乾坤兩儀
悲愍與憐憫在此留聲
　　　　　　　　遊子從這裡返聞──
和諧無礙的微妙音聲
空靈恆常的流轉韻律　于刹那
　　　　沁入柔軟清淨無塵的天人合一境界裡
黃昏　落霞調出太陽下山的色度
旅人目光如閃電掠過漫畫般的鏡頭
看　有顆神祕的大歇石橫跨雙冰河之間
　　　　融雪化成龍之瀑，經年舞爪於萊茵河
我從一處洞天　仰望
神奇的亂冰堆井然有序
　　　　疊疊如陵，瞬間
漆黑的階梯、旋轉的曲徑偶然閃光
從露天的小孔　點亮珍珠白的冰泉
　　　　絕冷的空氣吐湧濛濛的水霧
動魄　是望不見崖之頂及深不可測的谷谿
一條原色溝渠，爲宇宙生命的臍帶
飛瀑隨曲徑流轉噴射
　　　　忽而相逢　忽而匿跡
探險的遊子心生興奮的恐懼驚艷……

澄清空明的兩湖是少女的雙眸　正與
原鄉紫芳苑那對烏溜溜
　　　　　活靈靈的眼睛想應
左右無垢冰清的別峰　比如
　　　靈山阿伽陀那兩片透明底蟬翼
　　　　炫麗若天城寶蝶的耳朵
涓涓冰泉是伊透明底血液
　　　經年如沙漏般流瀉不止……
自古來，寫下三千大千世界
　　　　成・住・壞・空的眞實相狀
　　　卻猶似一位拒絕將歲月寫在臉上的小女孩
有位天神，以巨斧闢出一道撕裂的痕
　　　　導引萬年冰穴化爲原雪的宮殿
日落　最後一抹晚霞被妙峰祕密收藏
一輪銀色的月光
　　　　于一座座峰頭打樁
尊貴驕傲的人類著一襲襲大衣　在
　　　夜燈的風中悠然穿梭……

多日近，即將典藏晶采艷麗的霜降之歌

　　　　　——選自《愚溪詩集XV・中方詩鈔》

8.原鄉·山胡椒的告白──四千歲台灣高山湖泊「鴛鴦湖」旅記

鴛鴦湖
微小細密的藻與靈活曼妙的菌
相互共生，譜成
　　柔嫩薄雪的地衣世界
　　　　原生蕨類與翠綠蒼苔，遍布
　　　　　　　　于深湛的幽谷
後夜分，神祕蠻荒的雨林
　　　　抖擻狂野的精神
　　　　在氤氳的角落　諦聽
「山胡椒」的告白──
一襲地衣，已化爲千年的壽斑
宿莽，在忘憂谷裡還願
☽殘月與☾新月，云何出現在初一的同夜間
2002.12.19月圓之日　清晨5:15
一道超亮的電光閃過
　　　　　　　一聲霹靂的天鼓響起

深冬的雪域，人人還在作夢
今卻驚醒一位曠古的奇人
雪落後　天際又大放光明
此時窗外飛來一隻白蝴蝶，誤以爲

　　　　　　天空還在飄小雪
午後　濃濃的霧從十面八方湧入
　　山嵐自條條苔蘚的林間悄悄升起
視覺穿不透綿綿柔柔的白紗衣
浮塵被密密水水的霧氣徹底洗滌
　　　淨化成空明
一襲綠茸茸的地毯草隨旅人踐踏
四千年來，獨自沉迷
　　　　　　于自我依伴的美麗與孤寂
雲杉裸露的胚珠如地乳
離瓣花　花瓣一片片依序落謝……
一場夢幻無遮無盡的露天舞台劇
從春天的彩蝶飛入紫藤花叢
到冬季現前澄澈圓靈的看天水鏡
　　　　　　　我躡手躡腳，來到
　　四千年前的濕原泥沼
翠綠蔥鬱　色彩繽紛
　　　寂靜空明的　　鴛鴦湖

老神木　是
　　　亙古的「天中意樹」
棵棵擎天的寶幢　猶如
　　　摩陀祈主焰樹愛演微妙音
　　　　　止住惡的魔念通路
佇立三千年的紅檜　古色古香
　　　　競演久遠的故事

每當午後時分，山霧瀰漫
　　　　　遮那靈山仙境
昔日　兩粒小小扁柏的種子
今已成爲參天問禪的老神僧
是誰，在等待那生生世世的有情人
　　　接引
　純潔清淨天眞的少年行布於夢裡村
看！那一根落謝的松針舞動世紀的空靈
聞聲知有苦，老神木今夜要傳大法──
寂靜的蝙蝠愛聽經
　　夜鶯卻偏要戲論，突然
「蓼──蓼──蓼」地傳來三記天鼓雷音
　　　嚇著於十方浪遊的主夜神！
妙筆大畫家古松衣，振袖一揮成圓相
　　　　　　內裡銀幕霧紗現出萬有
孤獨的，在那畔稱英雄
寂寞的，在彼岸叫好漢
鷓鴣聲聲說：「珍重！自去了。」

一輪落日，相寫八萬四千顆
　　　　如因陀羅網
　　　　　晶瑩明亮掛在苔蘚間的水珠
感恩老神木運載我淨色的眼目
　　　　　　契入鴛鴦湖全景攝影
霧氣沾濕了睫毛，滋潤了眉宇
甘露　甘露　水滴聲滴滴……露露

菩薩心永遠滿足不了
　　　　眾生心——慾念的祈求蠻力
純色的晴空出現了亂竄的流雲
眨個眼，瞬間雨落滿中天
伎樂天濤濤敲擊演微妙音
　　　　　　訴說無盡意……
夜　黑色黑光看不見東西南北方
本不動搖的是靈山
本不生滅的是寶地
本自清淨的是雲嵐與霧氣
能生萬法的，是老神木那多情的身軀

神匠工藝師雕琢了「煙聲瀑布」——
銀鍊的魔繩，鑲嵌幻想的小齒輪
浪潮在起心的巔峰交織
波濤於動念的谷澗流竄
律動的氣脈注入形體的靈空
從老吊橋晃過月坡亭
獨木舟急急流走江上波
撐船漢載不動八萬四千朵煩惱的火焰
　　　　途中　劫難多
悟不了，一漚還比一山重……
　　　　　來處，是團謎還是個迷
　　　　　去處，是個悟還是一場霧
湛藍的大海混沌初開，不是混亂再來
絕色巨浪、無明黑洞

潛伏于深沉的識海
天中的雲是鬆鬆的白
　　　山岩的梅是漾漾的白
湛溪的水是亮亮的白
　　　晨昏的霧是濛濛的白
一次愉悅澄明的祝福，是
　　　榮光炫耀在覺者典雅的智慧寶庫

有位尋寶師，帶領33顆菩薩心
　　　　　遊歷武陵、翠峰、福山
　　鴛鴦湖、樓蘭山，與老神木園林
疊疊青峰，對著寂靜的月光頻頻微笑
有情依本願的威力
　　　　　來到這靈山的世界
定力止不住流轉……
居高望不見下方，只因霧又來了
誰能在寂滅的大圓鏡中
　　　　　再辦一場美麗的緣會
山上降雪掃盡落葉
幾株寒梅款款舞北風

昔日　少年窩在暖烘烘的帳篷內作夢
今日揹袋子出門旅行　來一趟
　　　　　多至前的迎羊之年曆
信‧遊子路途中無論在何時何處
惹了麻煩、遇見煩惱就打個電話回家吧！

淨‧踩著夕陽的餘霞歸去
卻不小心被虛妄想像所溜出的影子射中！
悟‧常住於自己的家山
　　　一切遊戲神通皆自在無障礙
入‧要有雙肩擔負20重倒金字形▽
　　　重重頁頁210種慈悲與寬容
還‧誰能力拔漫山的無明草
四億年來的夢遊觸覺早已植入神經毒素
　　　感應逐漸失眞，靈明背離原鄉的勝境
發心　云何你已禁語
　　　蟬卻還在鳴……
行者，念如簷前的雨滴掛成練
　　　　絲絲入扣，密密相連
　　　念念不念舊，念念奔向前
菩提童子在小小的自我世界裡
　　　　觀看大人們的爭戰
祈願一切上善的天神不要遠離人間
寂滅　無色界所有一切一一界上
　　　　都有五百億寶樓——
　　　無量樂器懸浮于虛空，晝夜
　　　　　　不鼓自鳴
方便　家的池塘邊最清涼好遊戲
　　　蒼生的刹塵心念，孕育
　　　　　　八萬四千的佛種

深冬的太平山

瀲艷的紫葉楓藏不住淒麗的美
　　　　零度下　皓皓白雪
　　　　奔入懸空的銀色峭崖三疊瀑布中……
一條尋幽探勝的路，蜿蜒遊走
　　　　　　于白嶺銀峰
山中的老松，幢幢葉葉
　　　　　盛滿籮籮筐筐的純雪
天空有朵四處漫遊的浮雲在隨風飄蕩
一隻寬尾鳳蝶寄宿于檫樹的枝幹
　　　　等待　化蛹成蝶
銀河打開天窗──
主地神戴上夜視鏡掃瞄滿山精靈
織世網織就一張美麗的陷阱　趁夜
　　　　捕捉流浪在妄想之域的有情人
夢幻的火燄點燃綠色碧波
所有燈芯草都在迎風搖曳
山林　今朝又起霧
原鄉的少年找不到回家的路
　　　　蠶在繭裡舒眠
　　　　虫在蛹中睏覺
　　　　蛾皇於沸騰的火裡活躍
天眞的兒童，感動與悲傷的淚珠
　　　　　串串滴濕了夢的枕頭
故人作意，快速轉換鏡頭
方知　今日回來的
　　　　已不是原來的我……

蹦蹦車在歷史的軌道駛過

　　古棧道　遍處長滿奇花異草

遠方的大霸聖崚氣勢磅礡

伸出峰頂的紅檜與扁柏

　　　株株蘊藏於神祕的原始雨林

福山，萍蓬草、水毛花、睡蓮

　　　羞答答在冰天裡綻放

尖葉、掌葉、紅榨槭伴青楓

　　　形成四季的紅　紫　橙　黃

幾株晚開的雪梅勝先春的紅艷

導遊的徑上，是誰家的嬰兒在打哈欠？

我從呼出的氣味中嗅到2003羊年的氣息

聽說　迂園裡

　　　藏有亙古宇宙的原種花

　　　能在一夜間變幻千種麗景

法界藏身，本是古老的智慧

所有的昆蟲都懂得以偽裝當防衛

色界釋出誘餌

欲界的心還在作終極的狩獵……

原野中，有座古亭佇立月之央

在銀白的銀幕浮現七色的虹彩

日出　日落

　　　綠色森林披上一層金色紗幕

青苔布滿溪澗懸崖　點點晶光

　　　是昨夜露氣凝成的霜

雲的腳步，走過霧的窗口
途中，一群黃鸝鴿高歌迎接
山谷天光格外燦爛

雲海揉飛霧，迷惑了縹緲的翠峰湖
別峰濕冷冷，大雪下在九降坡
山中，有棵巨木標高 1285
粉粉的寒梅愛迎白雪
霧霧的芒花愛在雲裡搖曳
一群夢幻的白鶴，愛穿梭
　　　　雪地雲天的虛擬空間
星空下　夜的角落——
　　　　紫英與應行布漫步在銀河涯岸的街頭
溪與湖，本是原始冰河所浮出的高山島嶼
遙望七家灣溪的櫻花鉤吻鮭，泛過
　　　　　　　　　深植的夢海
頁岩滲水環繞湖區　使
　　　　翠峰之水永不滿溢
靈巧的月光照射絕白的寒霜
看那棵閃亮的銀杏樹下
　　　　有片綿綿密密的網路
鋪向無垠底空冥……
　　　　——選自《愚溪詩集ⅩⅥ·無孔鎚十一卷》

註：
· 存在地球已四千年的鴛鴦湖，位於世界級森林公園保護區所在的「馬告」
　（Magao）山林內，「馬告」爲台灣原住民語，意爲「山胡椒」。
· 摩陀祈主焰樹：乃古印度之天神樹，傳說具防厄、降魔之功。

彰化學

9.我的白牛喜歡露地眠──彼時牧神正將白牛野放

銀河涯岸舒展的新月
　　　　是我棲宿的夢境
入清明時序已三天
花蓮之城遍布紫色底浪漫
　　是柔柔長長薰衣草伸展的季節
在這樣的時間點
我的白牛還喜歡露地眠
山寺夜雨濛濛，濕度High到最高點
遙遠的想念隨東風傳送
　　　　到伊的青石畔
陣陣海潮迎濤吶喊
　　聲聲　湧入我寧靜的心房……

納風亭的三棵椰子樹又冒新筍
那畔的淚斑竹
早春金色的淚痕覆更深
我最愛的欖仁樹枝枝抽芽鮮又嫩
　瓊崖海棠朵朵紫心卷葉閃晶光
昔是溈山所牧的牛兒近已現蹤跡
本性天眞的牧童，呼喚
　　三千年前的本生

因緣細中移足
赴約於親愛牛兒的殊勝緣會
　　曲體彎腰　請安
　　恭敬虔誠　承諾
　　鞠躬入門
久別的遠客
　今又與知音相逢　凝情
貝殼化成的琉璃杯
　　　　盛滿銀色潔白的雪
　　　　內裡，透出
　　一朵如夢似幻的紅玫瑰　舒光

溪澗水滔滔留不住
　奔向香海弄波濤
潺潺泉聲悠悠緩緩
　泛浪花不太忙
舉目，沒有星光的夜晚
　　加深有情人相依的想念
是因法界緣起
七日來復
為圓一場好夢
不管是否日已過三竿
　　牧童騎牛常扣角
你是我的賓中主
我是你的主中賓

清晨5:15　山中的鳥兒搶鳴第一聲
我心　霎時碰觸到
　　愛作夢的識精元明⋯⋯
春雨送來陣陣愛的音符，遍灑滿溪
清風飄過淡淡情的水墨，渲染大地
聽說東北有片綠色的原生世界
有株鬱鬱底文心蘭開了
　　　　　　　　　　一千一百一十一蕊
山裡一樹石榴，今也綻放了千朵紅
有對愛唱歌的漂鳥正嬉戲其中
小徑清明透涼意
朵朵含苞的野百合紛紛吐信
喜馬拉雅分移來一幢黃色的小鐘花
　　蕊蕊炫燄，迎風繫念
大功一色無所畏　永保安康
祝福小滿輕安
殊不知夢幻紫藍底銀河涯岸
是否邀約愉悅澄明的滿天星斗來作伴
雙魚座的夜天正燦爛
有情人忘了世間解　卻
　　　　　　愛編織那織世情網
因陀羅網域千百億顆夜明寶珠
　　　今宵將強勢放光
頓悟花情已
是生生世世演微妙因
讓我棲宿在

你美麗莊嚴的夢境，留連忘返
化城寶所，走過一村又一村
夢般幻海，路經一城又一城
　　　　尋覓
云何返鄉的歸程越走越遠
□□□曼曼長長，緩緩柔柔□□□

想家的思路
　越來越不及補給念力的能源
妄想的種子滿天飛揚後
　　　隨浪逐波
我揮舞那把無柄的金剛王寶劍
截斷後
　卻淹沒了整座乾坤
工藝神匠悄悄移動金斧
瞬間砍下栽松樵翁的鼻上塵
親愛尊貴伶俐的伊，只
　靜靜地跨上那隻白鶴
　　　逍遙遊于銀籠的月光下
誰能以真愛換悲苦
　使春風永垂玉露
誰能在一片清虛的境界裡
　　　凌波微步
　孕育性天的靈苗
有種玩家愛於極限的網海狂飆
少年迷戀在濃烈自我風格的語彙

追求強勁的現代感
有所傳說，東岸池上鄉
新築起一座桑蠶島
滿樹的蠶寶寶攀爬
在桑枝鏤空的綠籬，窺探
　　　　　　春的眞容
有個夢在我眠覺時　一再
　　　　　重複播放
工畫師云何將四季的彩衣
　　　　降一色後，再摺疊收藏
老書桌上，方外人送來
一株野百合
一夜間竟然
綻放了七朵花蕊，光明如雪。
熱情滲透想念的窠臼
正與愛人交火
菩薩的正法眼，契入
　　　　　眾生心的夢海之央
小雨過──
漫天的小水珠賦葉凝成晶露
旅人因渴，所以產生了幻覺
夜無眠
只因夢想的系統失靈
覺之光參不透
令人傷心的第一聲響亮吶喊！
清明後　山區起大霧

亙古的老書院搖晃在
　綠森林裡演默劇
遊子順手拈來一首寶島小夜曲
商旅，有人在導演
　　一場熱絡夢幻的大騙局
　　誑妄語持續地發酵……
有情人失落於虛無的煩惱中
　　　無人相伴
　菩薩心何時再顯靈

美麗莊嚴的心殿今日來了新主人
湛藍海上有道七色彩虹
　　化作一把長長底弧形弓
有隻鷹張開雙翅　勢如箭
從水平面往上衝……
月靈靈　有隻白兔
　　緊依一只紅燈籠搖搖晃晃迎春風
祈何願
疇昔相約在橋的兩端
　　登錄上網，
　　共中共同入侵東風後
　　完封一季春光的容顏
夜森林，獵人師
　　在追憶剛失落的那輪晚紅
彼時牧神正將白牛野放
當下　聲與聞

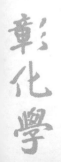

伴動靜二相　在
寂寂靈靈的耳朵出現

聽說愛微笑的小孩
早就學會了拈花的訣竅
看那迴力鏢招式投得妙
疑是失去還復來
施夢人在晚禱時　預祝
　　遊子明日早安
旅人若想自妄想之域登入
　　就須先從化城寶所退出
如是，夢裡
　　若沒有我
　　那麼連你
　　也就不存在。
自幼離家的小孩
早已忘了歸家的密碼
夢幻的鐵騎，卻踏不破
　　　　慾望的城國
無明惑因的微細分子　導引
　　　　　滲透性空眞火的境地
一個母體
孕育八萬四千煩惱種子
少女以一朵美麗的紅唇
　　播報殘酷無情的戰爭畫面
深沉憂鬱的悲苦諸相

伊怎能拋一雙飄飛的媚眼看

漫山荒草
覆遮被遺忘的古戰場
山之神，用一雙天眼
　　　默訴對蒼生的憐憫
三昧力鎖不住蠢蠢欲動的菩薩心
千眸含淚
大慈大悲救苦救難
唯我觀世音聲
　　　怎捨得於眾生心終止連線
一彎新月來自亙古底冰河世紀
一顆超新星又即將破塵而出
夜空的銀河不知何時浮現
　　　　十二種生肖十二個星座
幽谷中的紫斑蝶
成群北移，欲飛回神祕的故鄉
老古的石牆上發現浮雕的殘片
一場烽火淹沒不了
　　　　本性天真好玩的兒童
一輪月光屹立在
　　　傾斜的角度倒看金字塔
　　急欲將失序的眾生心，拉回
　　　　　原本的水平線
智慧的牛兒遇到愚癡的牧童
動態的彩雲摹擬晚紅

促使一切有情的種子變易成熟
　　薰習幻覺的夢境　程序錯列
上上人將八萬四千煩惱絲
　　　束一小綑，放把火燒
成灰
卻污染了眾生潔白靈明的心地
　　　　　　　不知不覺，又墮入
　　　千古自我設下的陷阱
□□□□□□□

岸上風光
華枝頂一輪圓月，是我
　　　　棲宿的夢境
娥眉彎彎如弓微掀
睫毛柔長似芬郁底芳草
一雙皓眸美好秀麗，若
　　　　　　湛溪湧泉
緩緩細流……透出
　　　明媚含情
是喜歡　還是
　　歡喜自在……
靈山雙侶從古至今相互追尋
擎天的火焰花綻放火焰般底紅
伊　本來自宿葶園的
　　　一粒種子，為了還願
　　　將一切酸　辣　苦　甘　甜

皆獨自埋在舌下嚐
一幢碧翠妙插於兩座山峰間
百花，是春分的主題曲
驚蟄的雷電
　　是春神所下的驚嘆號
桃花上苑
白浪濤濤
今春
又有新鮮的故事來延展□□□□□□

　　　　——選自《愚溪詩集XIX·無鬚鎖九卷》

國家圖書館出版品預行編目資料

愚溪詩選 / 愚溪著.－－初版.－－臺中市：晨星，
　2010.5
面；　公分.－－（彰化學叢書；026）

ISBN　978-986-177-367-4（平裝）

851.486　　　　　　　　　　　　　　　99004406

彰化學叢書
026

愚溪詩選

作者	愚　溪
主編	徐　惠　雅
校對	戴　筱　琴　·　林　明　德
總策畫	林　明　德　·　康　原
總策畫單位	彰　化　學　叢　書　編　輯　委　員　會
發行人	陳銘民
發行所	晨星出版有限公司 台中市407工業區30路1號 TEL：04-23595820　FAX：04-23597123 E-mail：morning@morningstar.com.tw http：//www.morningstar.com.tw 行政院新聞局局版台業字第2500號
法律顧問	甘龍強律師
承製	知己圖書股份有限公司　　TEL：（04）23581803
初版	西元2010年5月6日
總經銷	知己圖書股份有限公司 郵政劃撥：15060393 　（台北公司）台北市106羅斯福路二段95號4F之3 　　　　　　TEL：（02）23672044　FAX：（02）23635741 　（台中公司）台中市407工業區30路1號 　　　　　　TEL：（04）23595819　FAX：（04）23597123

定價 280 元
ISBN 978-986-177-367-4
Published by Morning Star Publishing Inc.
Printed in Taiwan
版權所有，翻譯必究
　（缺頁或破損的書，請寄回更換）

請填妥後對折裝訂，直接投郵即可，免貼郵票。

407
台中市工業區30路1號
晨星出版有限公司

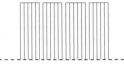

請沿虛線摺下裝訂，謝謝！

更方便的購書方式：

1 網站：http://www.morningstar.com.tw
2 郵政劃撥 帳號：15060393
　　　　　　戶名：知己圖書股份有限公司
　　請於通信欄中註明欲購買之書名及數量
3 電話訂購：如爲大量團購可直接撥客服專線洽詢

◎ 如需詳細書目可上網查詢或來電索取。
◎ 客服專線：04-23595819#230　傳眞：04-23597123
◎ 客戶信箱：service@morningstar.com.tw

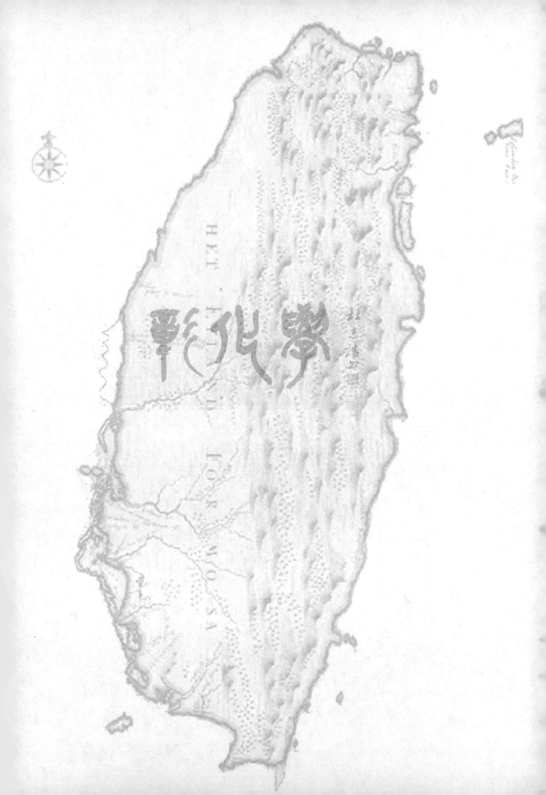